胡弦 主编

Nanjing Cultural Talent
南京文化人才

长江
大学生之歌

南京出版传媒集团
南京出版社

图书在版编目（CIP）数据

长江：大学生之歌 / 胡弦主编. -- 南京：南京出版社，2025. 1. -- ISBN 978-7-5533-5096-7

Ⅰ. I227

中国国家版本馆CIP数据核字第2024H9L494号

书　　名　长江 · 大学生之歌
主　　编　胡　弦
出版发行　南京出版传媒集团
　　　　　南　京　出　版　社

社址：南京市太平门街 53 号　　　　邮编：210016
网址：http://www.njcbs.cn　　　　电子信箱：njcbs1988@163.com
联系电话：025-83283893、83283864（营销）　025-83112257（编务）

出 版 人　项晓宁
出 品 人　卢海鸣
策 划 人　李章斌
责任编辑　苏　牧
装帧设计　石　慧
责任印制　杨福彬

排　　版　南京新华丰制版有限公司
印　　刷　南京玉河印刷厂
开　　本　890 毫米 × 1240 毫米　1/32
印　　张　7.625
字　　数　158千
版　　次　2025 年 1 月第 1 版
印　　次　2025 年 1 月第 1 次印刷
书　　号　ISBN 978-7-5533-5096-7
定　　价　48.50元

用微信或京东
APP扫码购书

用淘宝APP
扫码购书

序：诗歌的声音

胡弦

有时候你写的一首诗，远不如你朗诵它的声音精彩——你的声音与别人的不同，一下就能听出来，但当你细读这首诗，你却发现，你无法把它和众多的他人的诗区别开来——你的一首诗，消失在众多的诗篇中。

这正是写作的秘密之一，你要写出和别人不同的诗，要发出和别人不同的声音——这个声音，已不是你朗诵的声音，而是一首诗本身的声音。

一首诗必须作为“声音”存在，而且在传达上它是开放的。但一首正在被朗诵的诗，可能会变得不确定，仿佛多了一个关于它的外在的声音。实际上，一首诗总试图对朗诵它的声音拥有控制权，并把这权利理解为对朗诵者的授予。但朗诵的声音，也会对一首诗的内在属性加以质疑——它像一种正在质疑的声音，这使朗诵变得像一种有效的干涉。但还有另一种情况：朗诵者无法有效地接受和理解一首诗，其物理性的声音无法触及诗歌的内质，转而在其自身的朗诵中重新制造感动的源泉，这对一首诗来说，可能会带来荒谬感。这时，一首诗反而变得晦暗，无法被触动，甚至远远出现在朗诵者的声音之外，不肯再走近。

一首诗应该有一个不能被描述的内部，并以词语暗示出它的存在，进而把它置于注视之下。所以，诗歌那魔术般的语言外在表现一直都不是重点。诗歌语言，应该有更方便地被人忘掉的属性，而不是它的装饰性。如果它无休止地沉迷于自己的装饰性表演，就会构成一种炫技式的堕落行为，给写作对象带来遮蔽，使其本质变得隐形，仿佛表演环绕的是一个空壳，而不是一种实质。当“矫揉造作”有效时，我们才使用它，并赋予它动人的身姿。

诗是一种声音，当声音完成召唤离去，凝视事物内部的那种沉默场景才会长存。这才是重要的，此一声音的有效，在于它制造的这种沉默场景：一种内省式的沉默凝视。我把这凝视叫作诗歌的第二种声音——能够被我们看见的刚刚出现的发声，仿佛是对第一种声音的应答，在那里，事物的灵魂显形。语言，能否从外在表现置换出内在发生，这才是关键。

写作中，我有时会走神，仿佛被一种无形的东西摄住了。此时，“我”的存在是如此强烈，甚至，像有某种绝对的权威取代了自我。看着自己写下的一粒粒汉字（诗我只能手写，面对电脑屏幕会灵感全无），我忽然想起了过去在学校指挥孩子们排队的情景。一粒粒汉字就像小孩子，它们不知道我把它们写在纸上是为了什么，它们排队，看齐，转弯，不知道是为了迎接检查，还是要去野炊。如果有孩子发问，我要么装作没听到，要么训斥道，好好排队，不要乱说话。毫无疑问，每个写作者都有这种接近暴力的权利，加几个字，删去两行，或把后面的段落往前提，变成插队者。是的，是一首诗的整体在说话，至于个别想要发声的字，还是算了吧。

——被粗暴地安排了的东西，它们在忙碌中失去了知觉，它们无限变小，就像我身上的一个细胞，它不会知道我的痛苦，也不会知道我看见了什么。甚至它变得更小，以至隐匿了身形，比如像深隐细胞内部的一个原子，它调皮，快乐，因不需要关心什么而保持了自我——它们变成了笔画。是的，在一首诗里，我也许只需要它产生位置感，并伫立在集体的喧哗中，至于更大范围里发生的事，比如一首诗的事，和它没有关系。

这是对美的指认所要付出的代价。我有时倾向于认为，我在建立一个“混乱的国度”，即便是一首看上去令人满意的诗，其内部的错位也比比皆是。草稿，像一个声音离去后留下的现场，在这里，纸会变黄，墨迹会变淡，当有人朗诵，有些字词才会竖起耳朵，并发出在一首诗中的自我的声音。字迹会继续变淡，直到有一天有人再次打开它，某种真实的存在，在探寻般的注视下消失了。

如此，每一首诗都像一首失败的诗，都像一个远去的声音，就像我的热爱，只在神秘力量中才会呈现又消失，当事后的我想看个究竟，一切都已了无踪迹。我有时设想自己是这样一粒汉字，在队列里，在无数次的服从之后，有了自觉性，有了异样的感觉，并意识到了一个抽象的空间：在那里，一个陌生的世界发出巨大的声音呼啸而去。当我再次回到自身，恍如一梦。

以此为序。

2024 年 7 月 30 日

目　录

辑一

讲述

讲述（组诗）

陈楝枝

1

关于你，我始终拒绝提供诸多细节
细节等于讲述，等于取出一座博物馆
两枚指尖也是两束镊子，将细微之物展示
那些如同卜辞刻在兽骨龟甲上的暗语
只流传于人数最少的部族
数着数字一二喊川江号子
将浓烈精纯的奶乳用皮环扣当作戒指
去嫁一个人，去迎娶一个人：深沉长久

2

永不回首。你该会站在涂岸滩头
为一只离群的大雁读一封长信吧
不善泅水的音讯，从女娲造人的泥塑里

捡拾空瓶泅泭。我想你
是此时此刻突如其来的风声
这场强忍下的风暴吹拂着我的季节
“因为爱一个人，而去爱许多其他事物”
潮涨的每一道蚀刻都提炼出相同的话
如果听见遥远的脉搏在湍急曲折
仿佛快要迸溅、快要爆裂、快要挣脱生猛的性命

3

那么就答应我，爱人
你要在江南雨晴的绿火里成就完熟
落红一大片酿造醇酒的高粱，清点前行的步子
避让行人，也避开现代性躁动的红绿灯
而我像嘉陵江两岸赤裸的顽石一样等待
在淹没里呼吸，在狂流里站定
过江轮渡满载着异乡客飘摇
弯月牙口岸上滔滔不绝我的新梦
在这里，我独自掌握克制的本领
去确信汽笛喊得越小声
我的思念就叫唤得越大声
每一阵风都将逝去，仅剩下你和信仰
关于人的故事，一旦开始讲述
江水就永远不会停下

陈楝枝，本名罗浩然，就读于四川大学。

三峡（外二首）

李春树

抄一条近路，杜甫从嘉陵江峡穿过了巫峡
又从襄阳奔向洛阳。同样是春天
四年前，李白朝发白帝，暮到江陵。
往返宦海的路，就那么几条。
这条老路，除了他们，还有不少人走过
但刘备却走得异常艰辛，乃至在永安宫中
托孤。乃至猿啼了几声泪已数行
乃至高适一首诗就要赠送两人。
巴山秋雨不停，下游暴涨
沧江横流，滟滪难明
李商隐正走在从巴山回家的路上

望夫石

一块石头刚刚展眉，她决定
沿着长江向东走。来到浔阳

九道白波披着雪山的外衣奔流
她从女孩走成妇人
从故乡人走成怀乡人
她走进楚国，又走了出来
走进渌水的撼撼，又走进楚妃的涟涟
最后，她来到吴国的长干。她停下的那一刻
长江转了个弯
回过头，放慢速度
再看看她。她走了那么远的路
花光了所有力气
只为站在那里。

苎萝山下

浣纱的女子已经不在，络纬含着青烟
嘶鸣。若耶溪孤单地梳理纤发
对着镜湖唱起了白头吟。
乔树缀写着诗句：溪花与禅意
相对亦忘言。在窈然的小路迢迢而望
我也想泛舟五湖，寻找范蠡和越女的身影
在一块矶石上，钓楚江的秋水，酿一杯绿蚁
等第二个白居易和大雪天的到来。

李春树，就读于北京中医药大学。

树下（外二首）

胡钦文

这棵树就在水西门外
汉江公园里
铁树不大
离我家也只几分钟脚程

我安心躺下
北边是悠悠的汉江
天上是悠悠的鸟群
江风一来
树下的草，草下的我
连同天上的云
悠悠地摇晃

然而是需要忙起来的
这不，别人喊：
烤苞谷多少钱一个？

然而是需要忙起来的
毕竟要赚钱
因为得生活

但明天我还来这里摆摊
这里有矮松、万年青和杨柳
我得都躺过
况且你看呀，今年夏天，所剩无多

从一座未建好的桥起行

从一座未建好的桥起行
一岸红砖建筑尚未拆尽
然窗上玻璃全无
个个张着口、空着眼眶
多已没了顶
如废弃已久的易拉罐
一岸的堤坝、步道用水泥打好了框架
三两老人
惘然走着

从一座未建好的桥起行
踏卵石，沿河而行
春日花色、春日绿荫、春日之妩媚

全倾在水里
静静淌着
多见鱼跃之鳞白，少闲人如我
桐枝上的白鹭必也见了
然其无心、无意
轻颤羽翮
其苍天翩跹
飞着

在这岸想你

江风拂过，你簌簌地哭泣
仿佛在用泪水冲蚀所有的
我们一遍又一遍拓下的
足迹

正像你流过的我的生命
我爱过你

一场又一场的秋雨簌簌地
像那夏夜的你，绵绵哭泣

泅到对岸
我才终于学会在江风中想你

秋雨却簌簌地
打落我所有思念
发配江底

胡钦文，就读于西北大学。

长江辞（组诗）

魏甫

夜行汉口江滩

夜色尚浅，通过江汉门拥挤的阶梯
转到最热闹的街道处，游客
在银杏树下啜一口冰啤酒
卖玫瑰的少年在路灯下招摇，默默
等待一个偶然的命运
这个黄昏，所有事物都在最高处
连同我们触摸波浪翻滚下长江的胡须
那轻缓的波动，也跳出固有的视野
世界低平，天空微小着向四面扩散
浅水区有几只鱼儿咬断自由的终极奥秘
与我的声音相逢，重新赋予人们听力
走累了，干脆和朋友坐在江边
看小诗随知音号远去又回来
慢慢释放掉那些复杂内心里藏着的郁闷
或许，梦呓时常回荡于这无尽的具象

只剩下甲板上呆板的温度
将一切安置于低处，重新命名

长江之歌

长江是一首歌，只往前从不回头。
曲谱，萦绕着身体，一圈
又一圈，如同放映机悄悄开启走马灯，
有条不紊地拾取群山纷纷升起的额头。
一些从未沉入过我生活的泪水，
我无法将它们的语言气味彻底描述，
唯有长江之歌亲手抚过的水，转变为
野兽狂奔发出的嘶鸣，突然发现
我已被这场秋风闲置。
继续听歌，继续揣测天地翻腾的云朵，
一想到生命中湿润的象征，肌肤
就隐隐作痛，不断阐述这流转不息的名字。

再别长江

一人两趟车
数不清从几号线开始
我与长江多次擦肩而过

每一步都怀着陌生，像
饱满的葡萄，重复酸涩
籽粒，剩下都是重蹈覆辙

咽喉停留在故乡
眼眸中催促起遗忘的褶皱
银灰色旷野下的富饶
无关贫困与富裕

电话那头，火车在长江大桥
闪电通过人群的那天
我已再次错过长江

魏甫，就读于商丘工学院。

沱江

黄汇思

多少年后，我想起了，怎么在你的呼吸里生活
我有了自己的房子，在桥下，听水波的低语
我是一个离经叛道的孩子
故乡对我本无什么意义，除了你
是思茅草的疯长，柳絮的纷飞，断线的风筝
河边叫卖“凉面凉粉凉虾”的扁担
声音裹着味道，氤氲挟进记忆
淡忘的被保留进水底，连童真一起，静候来年开启
我淋着雨回到故乡，灵魂也是湿的
我忘了那里的霾，只记得太阳
忘了那里的假笑与泪，只记得河流
那时你和我一起北上
水草一圈一圈，缠绕着无法原谅的青春
记得我和水草一起呼吸，和你在岩石上轮流叹息

———

黄汇思，就读于西北大学。

江水里，粘着我的守候（外一首）

袁丹

车快行至长江边，我突然惊醒
在城市之外，一张红色名片尘封在这里
它在等待绽放，我们下沉的大片故事

往长江源头走，河岸旁浅草昂头
像长时间乌云笼罩下重见光芒的种植者
奔跑着，为驻足者敲响警钟

稻田，在八月鞭打过的牧歌里爬
又随机，揭下老树的新茧
演播一份彩色的青春

你是否看穿了这里的故事
相片横穿手机，用石子的呜咽
抵抗空旷，如抵抗褶皱的一生

我握紧江水，采集来自语言的思想

灵感在此刻化为水分被盛夏蒸腾
这是正午时分，我在现代化里睡去
在大自然中醒来

消息

长江呼出的冷气，在这里徘徊
它在黑夜里穿过金色波浪
行至时光安静处离开
你的消息从风口处奔流而过
一种奇特的友谊，赤诚
像偶然相遇，坠入彼此隐秘的思想
此刻，江水与苞谷并排走，我转身
一只甲虫蜷缩一团，渴望展翅
或是日子听闻它的祈祷，太阳雨
开始丈量生活的宽度，汲取
防水布下命运的鞭挞
这是冬天起步的记录，我被消息领起
点燃这滋长的地面，也点燃
从前埋葬的秘密

袁丹，就读于安徽师范大学。

江之长（外二首）

徐图之

长江水雕刻成一块绿色的玉版
玻璃梯田在涟漪的眼中枯萎
飞鸟孤身跌入人群，日红而不落
难道你从没见过江流水涌吗?
我们也曾从银龙之背上坠落，抚摸肌肉的
坚硬，在绵软的缝隙中谈起风与水的柔情
陷入流动的盛宴中，再也逃不出桃林
轮渡在水浪上喑哑出深蓝的印，晦涩不明
因果的相续在你的腰间划过
并闪烁起追逐的撷影
而我已昏昏欲睡在桥的体内。
云用一根苍老的光，捞起璀璨的鱼鳞:
凝固着鸟虫、远山与白水
列车碾压过江水浮游丝绸的身体
也划过，历史的潮汐
而江浪的两翼依然浑浊如蝴蝶的复眼
并欣喜着擦拭我困倦的双足

远处的你还是隐蔽于城市
的繁华中再也不还

长江——短篇

望长江水，如弹琴一般。
甘甜的汩汩声从江中流出

江水依然沉默。清澈如
森林中一瞥的梅花鹿，嗒嗒地
踩踏着浑圆的宇宙

南京长江大桥游记

这条大河波浪之宽，从
左耳汇聚江源，滚滚向东流
飞鱼在水空腾跃，下一个站点
他正是一位勤劳的农夫
在麦田中收割时我正嗷嗷待哺
脖颈未粗壮，已长出金黄麦粒
长江，我爱你，要我
说多少次，你相信。收割我
后，我不爱你了。

我在鼻腔里，放生一只小
鸟。它的喙
羞惭了，埋头
在水波里。相爱了。最终
相爱在无独有偶的大道上

徐图之，本名张闯，就读于西安交通大学。

长江之夜（外二首）

孔德超

你把风声悄悄压在哭泣的石头下
顺手偷走了长江的哈欠
我看见你紧抱在怀里的暮色
还是泄露了一些，漾开在我眼里
一丛古旧的青山，挥舞着墨水的香味
和灯光一起倾倒了，这是夜晚的信号
我想起你裸露的足底是多么怕黑
曾经，我用烧焦的泥土喂养你
战栗的脚掌，如今它走过四方
好像已经忘记了自己的精神疾病
像忘记我院中手植的百合一样
也忘记了我晦雨中冻僵的语言
这一次漫长的遗忘如此轻盈
比你盗窃山海的技艺还要纯熟
比我故乡的雪还要亭亭玉立
这让我反而无法提供一个令人信服的解释
为什么忘记冬天和潮湿的路面
区别只在你昏睡的酒色中

驰骋

信鸽从江面飞过，叹息的烟斗
化为清雾，我闻到十年后
发酵的野葡萄香，而你的眼睛
始终是我的酒杯

始终，你纤臂舞动，拍漾着
炉火之温，让风云留守
蹒跚的客船，那里潮浪
馥郁成林，煨煮着翠嫩的航灯

航灯，蔓延在幽昧的屋顶
旧时温软黄昏，从你软发间
飘落到书前，那里长江
仍旧圣洁，仍旧春汗满园

满园，月色攀上小楼，琴声于
矮栏中复生，你玉泪惊弦
滨江育火，为我管脉之
夜魄调音，于是我的身体
重又长江驰骋，一如既往
奔向你的海潮

江潮

我也欣羡这潮浪
为村庄反复动摇
但从不更改写进宿命的
流水长东

我也爱慕这清秋
把深林推进青山眉眼
让它和雾雨连江的缠绵
一样多情

一如纯净的文字打湿时间
我也想像一杯清水
透彻地凝视天空
在季节流转的缝隙
泼洒进江边的岩石

那里，风声不住飘摇
经过母亲裙摆婆娑和女儿
跫音落落
此刻，在江水的怀抱中
闪烁得如此明亮

孔德超，就读于四川师范大学。

一水间（外二首）

陈亚男

睡在江面上的微光，粼粼地
在母亲温润的眼眸里流淌
心跳格外清晰的时刻，我听见
古老而空阔的潮声，自雪山之巅而来
行走江边，一遍又一遍地
爱上烟波的起伏。咽下一句细碎的风音
于是，花的姿态在体内缓慢生长
空气缄默，耳蜗的共振恰似一支悠长的小令

站在舟板之上，肌肤的纹理被风全然渗透
痉挛来自身体最深处，脉搏的跳动
在指针的迁徙里，抵达一只飞鸟的翎羽
历史的余韵被新的远方包裹，施以琥珀的浅色
银白帆影自远处盛开，暗自分解落日的昏黄
一道极为长远的呼吸，安抚时间的轮廓
灵魂的共振便来自这生命之水
湿润的怀想，在亘古的涟漪里经久不息

江上月

在夜晚，一切都生着翅膀
月光像雪缓慢融化，温柔的影印晃晃悠悠
风的探戈，不动声色地绕过乌黑的发
倚声而歌，直到忘却天际的几捧星子
在江水的跳跃与摇晃里，月儿如梦朦胧
人们在窸窸窣窣的风里安静着，如同祈祷
以一个宁静，构筑另一个宁静

波光粼粼，涟漪摇曳着奇异的舞蹈
颜色感到温和，直达半个玻璃瓶
化作泥藻最深处的某粒沙砾，被水冲洗一净
自咽喉吐出几枚细软纯白的花蕊
刹那间就消解一切围囿与悲怆

寻觅月亮的人也站于一苇之上
以一刻钟的阖眼，消释堆积的意义
背脊上凭空生出薄翼，迎着风的面孔
在几个瞬间，无尽接近苍穹
湿润的风浇灌赤裸的灵魂，岸岩光洁
水的吟唱，难以被残存的语词诉说
江水之上的思绪绵延不绝，人与自然
在月亮的目光下，明晃晃地流过大地

两岸阔

横贯东西的轴线，带来隐晦的指引
一道道沟壑，承载生命的足迹
河曲淌过平原，灌溉文明的月光
飞鸟以低回，将绵延的土地一读再读
水面铺就金箔，风将余晖揉碎成一江的澜

具象化的生命之灵，化作两岸青
遥远的梦睡在山阴，召唤层层叠叠的蓝绿调
江声嘹亮，生长的茂盛会带来最虔诚的回望
从千山万水里，深入渐近自由的密林
自然的旋律轻灵又沉甸甸，呼唤着和谐共生
一滴水珠融入江波，闪烁在一尾鱼的侧眼
须臾与无穷，只在一念之间

码头的轮渡远眺栈道，在时空的青穹之下
留下一截辽远的叩问
脚边靛蓝色的影子，恋上临江之裸石
雾灯听见回声，时间的缝隙如雪如山
骨骼，在另一个维度获得震颤
经久不息，如同跌宕的乐章

———

陈亚男，就读于安徽新华学院。

长江之恋（外二首）

薛诗虞

一定是在身体中
疯长着对这世界深深的爱
滔滔江水，才把自己
长成了起伏的云海
一定是不管不顾的急性子
沙滩上的母贝
才会奋不顾身地想要
打开自己
微风吹拂，洁白的浪花
被不断地擦拭
如刚刚哭过的小孩
转身又喜笑颜开
此时，我也想似一棵明亮的植物
盛开在蓝色的天空之下
汹涌的长江之边

在江边

你来点火，喊我的小名
逆光的叶脉，此时像长江
像灌溉神州大地的主流和支流
清晰地流经浆果的香味和巨大的波浪
流水、马蹄和疆土
以及忽然间的高声歌唱

身体里流动的是火焰吗?
和风中的山坡一样潮起
它们会变成舌头吗?
把我的今生都说给你听

夏日的长江

能让长江日日羁绊的是她淳朴的子民
和两岸历经千年的风物。她是位博爱的母亲
夏日涨潮时，守着两岸流逝的光影与风声
我坐在堤坝之上，倾听她娓娓诉说的故事
芦苇、野鸭还有我，都是无声的听众
我听见长江母亲按下快门的声音，她总是对新塘闸
爱不释手，每天乐此不疲地拍摄崇明和太仓两个孩子
他们隔着一江清水，面对面相互问候

我也会时刻保持微笑。从这一片芦苇到那一片芦苇
阳光洒满江面，满目的金子，夜以继日地悄然生长
船队也早早出港入海，声势浩荡
为了捕获那一片灿烂，为了他们的热望
与炽烈的爱，他们奋勇直前
却不小心穿越了已乱作一团的蜻蜓
来不及记录，只因万物忙着生长
来不及回头，但长江会记住一切

薛诗虞，就读于苏州大学。

货轮自长江逆流而上（外一首）

灰一

一艘艘货轮自长江下游驶来
它们有着深红色的皮肤、漆黑的骨骼
绝大多数时候缄默无言，只是偶尔
在清风拂过时发出低沉的呜咽
或许它们已感受到：桥上有孩子瞪大瞳孔
像看神话故事一般盯着修长的船身
素色的苫布包裹着鼓鼓囊囊的货物
远处有齿轮的转动声，昼夜不停
或许还有异国的产品正运来
在浪潮汹涌中，长江沿岸的都市正闪烁华光
虽是逆流，却是顺势而行
那云雾深处有更多的追梦者奔涌而来

整个过程不会因见证者的慨叹
停止片刻，货轮仍要行进数千里抵达
已严阵以待的一个个宏伟港口
届时，是否会有同样充斥好奇的瞳孔远望？

江流逐燕

沿着长江，去寻找童年期待的城市
灯火的确极其梦幻
游轮在很平缓地喧嚣着
但没有问候、拥抱或是零星惊喜

只有一群燕子，飞过都市圈
在水与云的交合处消失
我终于找到了另一种长期的追求

去追随那群互相扶持的燕子
即使疾风骤雨傍身

江水代我寻找它们的踪迹
这群小生灵在梦里穿梭不停
山脉和深林中时时显现残影若干
再去看，只有人声鼎沸

我多想把自己雕琢成一艘木船
水流的速度，让我能够勉强
追上飞翔者清脆的笑声

灰一，本名曹畅，就读于中国药科大学。

母亲河长江（组诗）

王凌志

1

哺育我以江水，浪花之名将我俘获
我在你的滋润下一点一滴地成长
守卫我以挑起渔人的争端
波涛不断扩大，汹涌至川流的顶端
山川在大海旁显露出浓烈的波纹
无疑代表你对我浓厚的爱
长江扩散的水，像野兽那般护我周全
我是你千千万万的鱼，你是我唯一的大江
母亲，你的波浪送我去若隐若现的大坝
送我去石缝中夹杂生长的南方
我谨代表一条鱼儿，哪怕失去最后一滴水
也要横渡过江流，借助云朵的力量
我用天空做帆船，我成为你的双桨
我以空洞的躯体驶向大海，航向我的故乡
我唯一的家便是你　长江

2

你不必再谦虚，我的骨骼不再清奇
褶皱的废纸张残留我的痕迹
当我作为标本被打捞去，我会永远记住你
搭建在两岸的大桥，连接了我的憔悴
假如你以闪电之名出没在长江
并重返我的哺育，哪怕仅是虚拟的海
我感谢你载湖泊之水，以夜流奔涌于黄昏
你晶莹剔透的盐，让我尝到了母爱的咸
不必说山丘自懂得，盐水的味道
虽然沿岸的船通过你捕抓我
你的无心之举，让我那日消失在水世界
但如果没有你，没有那些承载的轮船
我不会拥有一切，我不再怨恨你
即便在大陆失去最后一滴水
我的呜咽也会像雨一样明亮
我所寄托的货物也不再丢失于大海

3

我拨开云雾的天，将再也见不到你
即使我远渡长河，也会被拒于千里之外
得到你的港口若隐若现

我被带上了奔向长江的列车
城市里出现的甘露，将不再是你的细胞
但熟悉的潮水永远向我奔袭而来
咸水滋润过的伤口总是那么疼痛
那些日子里，天空在闪烁
我像只落单的星星，你拖着天空靠水行驶
像那只飞燕，踪迹无处可寻
幸好有灯火的明亮，照耀我对你的思念
我的爱在山脉与川流之间来回穿梭
我将航向我的家乡，我必将重返长江

——
王凌志，就读于广州工商学院。

长江水，或别时圆

宋哲枫

风拉响日记本的门闩，抬眼间
陆水湖连夜消瘦，我已习惯
没有共你的日子踌躇般逝去
我们注视，早熬白了头的香樟会
不会如约而至？又瞥见
陈旧溢满水缸，我抚摸你
却抚摸到清冷的明镜
你默许的第六个钟头，我仍后悔。

白鸽扯云隙，随意掠过此地的回忆　歇入这南部三镇
八千里路。只云月无有疮痍
笔帽犹豫了合上，轻如十年前你夜里亲吻我额角
的告别。写如何的文字都难组成
你在我身体里占据一半的形状
我又起身。

我先一步从铁锈中脱身

绿皮火车里最后一滴　也被我亲舐入腹
如今我只想，折一片江城的柳眼
即使在此刻木然无步，突兀的遗忘
江城的雨，和酒盏中你似有似无的深浅
火车仍在缓慢地爬进爬出，留下
长江大桥若隔世的方寸：在我湿润的眼睑
挤成了回旋的一圆

宋哲枫，就读于湖北中医药大学。

梦中的长江（外一首）

李灿标

在梦中，扬着古老诗意做的帆
摸索一条长河的形状，试图回收生命
最原始的声音。像每一个被水的运算
分流到此的人，在尽头塌陷的夕阳
凝住了前行的去路。雅砻江、岷江、沱江、嘉陵江
都是母亲抒情的修辞，从指尖析出的悲欢
挑起过几十代人流动的水位。长江搬运了
不同的水流声，这片淳朴的土地也如此滋养着
语言的诸多细流，仿佛似有若无的心跳
树木、山石、泥沙、鸟雀的自我描述
被时间立体起来，为万物打开一个窗口
我知道，这群不受控制的意象
总在不被人注视时
尽情翻涌，奔流

江河

她们从江河里涌上岸
用肉身哺育了千千万万个我们
一生种在村子，不断循环播放
同一天。无论是村头或村尾
都堆满块状的心情，无声却尖锐
甚至忘了抬头。还有海的倒影
最接近来时的起点，蔓生到视线之外

喊叫的寂静被新生的啼哭
盖过，交接仪式上的喑哑困在体内
大小不一，错综的河里。
暴雨，雷鸣，都是脸上枯涸的源头
微风坐在一起，将白霜沿着发根编织
长江的尽头落月摇下挂念。我们无法丈量
其中的宽窄，实际的水位
比想象中深得多

如果有天，雨水肆意击打
从身上脱落，倒挂的云
意味着她们又汇成江河
正静静涌上岸

李灿标，就读于广州华商学院。

长江的那一岸

如岚

你总说路太远，天太高
人潮汹涌已足够百态
不肯同我去看长江的那一岸

仿佛礁石亲吻的江岸，连同
那轮永悬不落的月亮
都远在你计划之外

连同我在冷空气里呼出的爱意
把风嚼碎，在咽喉里肆虐
如同泡沫，我在潮信起伏中破碎又升腾

我亲爱的少年，你眼中那片江水清澈透亮
关乎我们的现在，策马扬帆的痛快
请你别再等待，年轻就用力去爱
陪我去看这片自由的水流

天高路远，人潮熙攘阳关道

我自沿波涛向北

行程与世界相背

陪我启程吧，你凭什么敢肯定

江水彼岸就没有远航的未来

如岚，本名岳楚岚，就读于吉首大学。

枯水期的最后一天

石斑

我站在裸露的石矶上
夜灯亮起时
我会找到被照亮的轨道
他们不用
早已在对岸等候着
浪托起举着萤火的队伍
江豚低低吟唱
她就要现身
万年如一的
朝天门老城墙下
一切灵魂朝她走去
接过她赠下的那瓢水
踏出的波纹
一圈圈是生的共振
欢庆后
饮尽了
在南方化作一条她的支流

夹马水漫过昨晚的石矶

我的船今日出发

——跟随她

石斑，本名叶诗露，就读于西南大学。

长江赋

周小童

长江，他的银蛇一般的
舞蹈，从青藏高原的唐古拉山脉，
倾斜得像支柱，丈量
九百六十万平方公里的尺度。他将
每一个中华儿女的血脉，
贯穿、击凿、淬炼出
五千年的文化精神和意识。

心跳得如此之快，在他的大地上，迸发出
岩浆的裂痕，他这莫名的孤世之舞，
在短暂中，迸发永恒的光。然后他就将
水和天相接，让江河
再回到星星的归宿。

一个孩童，向他的身躯
投掷出一块毫不起眼的
石块，将长江的身躯

进行拉长、变形，拓扑出
历史的深度哲学，
而后发生弹性形变，
长江又回到了
他原本的模样。

周小童，本名周杨钦，就读于西南交通大学。

等风来（外二首）

木子

我站在江边
等一阵风来
吹散了白帝城的悠悠烟火
灿若繁星的粼粼波光
回荡着旧时的金戈之声
入了今人的梦

山与河彼此舔舐着伤口
相对无言间，诉说着往日的情愫
神女眺望着霞光
眼眸里泛起美丽的忧伤
风吹过你的衣裙
缠绵依偎在你的身边
是在惋惜你的等待
还是想拭去悲悯的泪光

风穿过发丝，拨弄着嬉戏

转瞬又悄然离去
没留下一丝痕迹
长江的浪奔涌而过
只有我在岸边
一直等风的到来

给记忆画一条归程

顺着江河蜿蜒的方向
我用笔在大地上画出一条路
记忆流入母亲的怀抱
如嗷嗷待哺的婴儿
得到乳汁的甘霖

在坎坷中奔跑
荆棘的枝丫缠满全身
忘了来时的路
在挫折中涅槃
回忆逐渐变得清晰
蓦然回首间
最是那一抹夕阳下的微笑

归程里形形色色的事物
模糊了眼前

却不忘
那默默无言的长江
眺望着家的彼岸
当记忆抵达终点时
唯有无尽的江水
在故乡的血脉里静静流淌

写给长江的一封信

再见你是多么欢喜
恰似花草与雨露的重逢
朝阳的映照下
为你披上圣洁的头纱
步入幸福的港湾

忆起离别
江水奏起感伤的音符
高一声，低一声
似不舍
又像企盼高飞的序曲

浪花浸润了我的眼
抚慰着一颗躁动不安的心
灯红酒绿的世界里

唯独没有你

但我知道

你用奶水滋养的一个个孩子

终会循着河流的脚步

回归故里

木子，本名叶如欣，就读于安徽中医药大学。

像湖水一样呼吸（组诗）

于俞

长江叙事

长江，新的时刻
从玉树到你的心脏
面对江水
过去到现在，太多
复杂，在河流里融化

你曾干涸，化成草原
从江豚到麋鹿
像柔软的梦被
无数人做着，接近
一种纯洁的蓝色

你本应该，成为宇宙
成为寂静，成为
和谐的运行

但现实，并不长久
命运的应然，将扯断
梦境的骨架。
你必须——朴素
在新的位置，赋予
我们，一个旧的想象

在鄱阳湖草原

许多季节，河神
不再显灵
赣江到长江，不会
有雨、复苏和温暖
返回。他们
换上冷寂，像深夜
毛玻璃，将生命
视像变得模糊，
虚弱，交换一种运行

沉没，同样升起
一艘在浅水中
行驶的旧船，穿过狭口
虚弱与另一种生机的
狭口，搁浅在

新的水域。我会从船上走向
湖泊消失、长满茂草的水域。
麋鹿的寂静和安然
在下个夏天，会被江豚栖息

像湖水一样呼吸

水浅时，淹没历史
只剩下诗文的壮阔
弥留数字，天色渐晚
走出许多诗人
他们在江豚死后，
吟诗，吟许多
鄱阳湖，许多长江

诗人学着
像湖水一样呼吸
以一种寓言的方式
在荒原上，走向
水深处。河流逝去
诗人决定教会
乞丐、工人与学生
呼吸的方式。等到
一个合适的月夜

在潮汐之下，他们
都像湖水一样呼吸

新的月夜会到来
鄱阳湖，向着
纠正与宽恕复活
向着纯粹的蓝色
也向着过去与未来

于俞，本名吕猛，就读于扬州大学。

江水情（外一首）

汤一清

多少次，多少次我伏在窗台上望着它
一条银亮的线，背后是起伏的青峦
我时常陷入幻想，有时也去亲手触摸
奔腾的细沙，发丝在指缝间流走的触感
令人柔软。年少时我也曾打碎瓶子
波光浮动多像无数个易碎的梦
跟随它，进入它，险些被它夺去

如今我已多年在外，聚少离多
奔波和忙碌也让我有了流水一般的质地
有时我多想停下脚步
将身形放逐于青山的倒影，泪水归还给荒芜
再次回到少时的渔火星光下
听江水偷渡蛙鸣
让凉爽江风吹动我的衣袂
这次，就从我们最初相遇时说起
说我眷恋你流淌的爱，爱着你流淌的一生

在长江北岸

落日正焚烧一整座玻璃大楼
红霞一缕一缕，铺满江天
在长江北岸，堤坝绵延而去仿佛没有尽头
许多人，在这里走完了他们前半生的傍晚

废弃的楼房，新筑的雕塑，江风抚动
檐下的铜铃。寺庙钟声在山水之间回荡
在成年后的每个夏季，我都会回到这里
重新穿梭于这段属于故乡的风景

直到月亮洒下银质的光辉，告诫你
所有易朽的都在消逝
唯有滔滔江水，永远像我们初见时那样奔腾不息
我想在这样崭新的月光下，从粼粼水波中打捞起
所有诞生在长江北岸的记忆

汤一清，就读于西北农林科技大学。

北纬 22° 取景器

边小婧

第一次从黄土地踏上北纬 22°
太阳的背向力拽着万物贴地生长
尘土杂糅进每一滴水汽
附着在异乡人回南的梦境中
漫长的天光
像张爱玲笔下白炽灯生长的季节

彩色的伞面阻隔水分流失的灼烧感
给正色的湛蓝海洋投送光谱色卡
随便截一帧，在取景器里
便尽是过往想象中的幻境
地面蒸腾的热浪
给云层都热红了脸

拉扯的光影跟重力加速度此消彼长
手臂相拉的环抱式建筑从小方盒子里跳出来
大气的馈赠总是强烈又短暂

镜面一个个蒸发，过一会儿就消失不见
可江河湖海从不吝啬
一年到头颠倒着邻舍的高楼和绿树

褐翼的蝶躲在摄住阳光的衣角
窸窸窣窣，是风在亲吻过路的花丛
姑娘们刘海变得透明了
眸子深处折射出汇聚的光点
腾在湖水褶皱里，藏起细碎的金子
跟沉落的夕阳演奏着一首《婚礼进行曲》

野生的白光在天台的栏杆烫出一道金边
走廊把人影无限重叠
映出一道余晖里的波纹
太阳朝着篮筐一跃
将男孩脸上的汗珠拨落下来
走入画中的孩子，融进土壤和枫叶共舞

边小婧，就读于广西民族师范学院。

火车驶过长江大桥（外一首）

许予

窗外灯火阑珊
旅人在梦乡返乡
呓语与呼声和水汽碰撞
长江也有了言语

听，流水是她的节奏
浪花是她的词语
旋涡是逗号，涟漪是句号
远处的汽笛是感叹号

今夜，她讲童话故事
一群月光小鱼浅嬉微笑
一群星星鸥鸟依偎吟唱
给失眠的码头，假寐的港口

江风甘愿做我们的信使
我们互换秘密，几分钟的交集

像是早有预谋
倚窗侧望，夜色呼啸而过
长江奔向大海
火车驶向远方

大江谣

格拉丹东雪山圣洁的眼泪
滴水成源，涓涓细流汇成大江

大江呈大势，吞天吐地
日月星辰　河湖山川　城市村庄
都曾伏在她的肩背欢笑或哭泣
大江显大力，改天换地
擦山成崖　拭地成盆　换道成原
营造壮美之地或是膏腴之地

大江拐弯，青山遮面
再见又是一番风趣
大江浪漫，摘星盈波
云梦泽深藏一眼万年的情意

大江悠悠，喂养性情
一江之水坚硬与柔软

与中华儿女的坚韧与温柔
一脉相承

大江东去，万古流淌
东海之上太阳正缓缓升起

许予，本名许卫校，就读于上海海洋大学。

辑二

沙洲与西瓜

沙洲与西瓜（外二首）

徐语熙

那晚江面出现一个沙洲，小而黄，像
鱼换气时露出额头。对孩子而言
叵测等于有趣，约等于刺激，唯独不等于
危险。越过急流，被鱼吃掉或打个半死
只为刨几个洞，再在身上沾满沙子

较为年长的哥哥把西瓜绑在身上泅水
我们野餐。他拍着翠绿的瓜皮宣布
发出一连串夏天的声音，把红色刨成白色
一个想法击中我，可以在这里种西瓜！
在沙粒上寻觅瓜子，声讨直接吞下的人

也许沙洲是长江营养的富余。白天江水开始
微寒时，西瓜已经膨胀得像模像样
我们像疯狂的猎犬，在岛上狩猎一根杂草
或一只害虫。但看瓜人也是偷瓜人
大多数未长熟的期盼被囫囵吞下

等到冬风吹进每一滴江水，我寒假回家
一场或很多场洪水推平了沙洲
刺骨的水绕开脚踝逃窜，我深信某道水波下
仍埋着一个硕大的墨绿色椭圆，切开它
馥郁的夏天便溢满整条长江

沙洲

那时，江上涌着刀头
渔民起伏着，用
微弱体温，交换几尾鲈鱼
再用嵌入甲缝的鱼鳞
换一些金属腥气

江边，老妪举着布幡
点燃几盏水灯
交换水底某人
再用摸鱼捉虾的旧时光
交换几滴泪

现在，在开渔日上
人们用一小块饵
向江面交换
尚未出水的太阳

地图与现实

走之旁在地图上喝醉了酒
那些二维的峡谷与弯道
模糊成空白的填空题
或是悬于斑驳墙壁
那条抽象的大江
在纸与屏幕间
静默地流淌
迂回曲折
用眼睛
触碰
水
溅起
一簇花
戛玉敲冰
清湿的香气
和着微苦河沙
坚定地拥抱五官
深陷于无底的峡谷
又在平原弯道上失落
正午阳光将水煮至微沸
夜晚满天星月在人间沉浮

徐语熙，本名龙梓宇，就读于吉林大学珠海学院（现珠海科技学院）。

长江以南（外一首）

崔雪悦

物醒得总是比人早，先有雨水泛起的涟漪
再有安静的梧桐，枝条已被修剪
然后是此岸与彼岸，一条江的两岸
被如此命名，只因大半个中国已经入秋
而我仍在钟山，一些植物仍在等候
譬如桂花和香樟，它们的气味总会让我记起
小时候美术课本里，我对南方局促的想象
尽管重提过去已不合时宜，不绝的江水也毕竟
在无数个瞬间，填补自身的轮廓
白露时节，秋与万物互为因果
仿佛我此时翻身下马，就有理由乘舟而下
看遍这江河

暮春

越来越远，只剩晚钟敲打次第的风声

江面寂静，你推开虚掩的门
已是暮春了，薄雾覆盖在这座小镇
日子这样静，有人摩挲着紫砂壶
有人在石板上摇动椅子，晃落一身的尘埃
你刚从词语的一端抵达另一端，这寂静的修辞
装点了许多朝代，你听见它们呼啸而过
从书里，到这条江的两岸，细雨与微风
明月与空山，就这样两两相对
而我们和一些静物构成晦暗的象征

崔雪悦，就读于河南大学。

复调江滩（外一首）

思铸航

长江岸。我收起旧朝的呜咽与破损的词
人群摇晃记忆，武汉，在飞散山后的沉云
科技馆的阶梯上，盲吉他手扔掉烟头

你从隐秘一侧走来，攥着光线紧缚的
章节：时间坍塌同时，金黄的
嗓音放开了羊群，而你的双眼饱含水意：

十月将至，秋天和嘴唇上的诗将
轮番抵达江滩，可我却如此想念北方
——鸟的颜色，呼吸，还有朴实的信物

陆风，我们轻轻靠着，回味繁华的逸散
没有人打破这份可贵的安静
即使它让我们看起来遥远而寂寞

江汉路

回头看见火焰，从江水的底部
烧向江汉路——我已经喝下不少
却在星星落下前，认出你们

我向街道伸出手，索取归来
速朽的两岸涨满颜色，鱼飞到夜空中
——这安详的都市，思念竟然

牵引着清澈之心。我看到无数故人潜进
又骑着江豚远去，为土地赋予名字
“关于长江，我坚信着神性”

你说。你们说，“正如从未有人真正离开”
此刻，我以遁入语言的姿态凝视
那片涌动接近无限的黑暗

思铸航，就读于延边大学。

长江第一城：宜宾辞（组诗）

周锐涛

晨起，李庄古镇

早起的流岚遮住了四合院古朴的呼吸，
月亮田水街裸足向我耳蜗踱来。脚踝的铃铛轻敲
睡意，我被一缕红绳的侧颜抻宽视野。
埋于青石板的水运商贸史在长江南岸鹄立，
谛听一艘自清朝出逃的古船，或者
像江南一样抢先撒网，在湿漉漉的油纸伞下
划动文化的雨滴：青瓦白墙同为江水深邃的底色。
街景曲折的脖颈驮着唐古拉的血脉，喝水的人都曾
饮过雪。木鱼音里的慧光寺盘腿打坐于雪莲之上，
锤揲两地景深，揉成一响响消音的钟声。
立于旋螺殿前，营造学社的调查依稀可辨，
梁柱肩上的青苔与发霉的檐边交谈
潮湿却不腐的榫卯。某些祠堂的香火
仍在远处蜕皮，家谱的手臂随长江
一齐伸进沿海。今天我穿的是布鞋，
不避混凝土的骨骼与闹市，做一个执墨的游方僧，
用脚下的南无阿弥陀佛，向山水乞讨半幅古镇的人间。

过流杯池

催科山下。觅一朵听泉的石凳，
打捞数枚沉于池底的平仄，捧起一些生命
形如峡谷的诗句。在茂盛的崖壁上刻路，
是一种谪居的坡度。曲水流觞，
盏中的阴影逐渐洪亮，随动荡的心境
踅入舌根。而泉水所有的流向一再涌入涪翁的笔锋，
宣纸的腰肢愈发牢固，将凝霜的墨与砚台
悉数拓印，雕于吊黄楼东流的脚程。
凭栏垂首，每一次吞吐都口含历史的
味蕾。借藏身平水韵的视觉，
与巍峨的塑像互相搀扶，踩响你
失意的戎州时光。老友鲁直，
昨天我还在临摹有关你的人格。
此刻的日暮拨乱时空的疆域：
两次指尖的步履在此抵达同一地名。

夜游合江门

沿码头以外的部分往外泅，三江口
熔铸长江启程的方位。金沙江、岷江的脐带啮合
长江澄澈的胎盘，以东流的航线丈量两岸河床的生活。

游船推开匍匐江面的月色，驶进波心的裙摆，
吮吸一朵未开的月亮。霓灯多姿的脸廓被夜晚
逐层泼入水中，宴请彳亍的鳊鱼起舞。
协奏灯光秀的鸿雁刚刚开嗓，
遽然振翅，又飞回浅滩留宿。

古城墙的肌理典藏江水溢出的时辰，
脱胎戎州的新世纪已悄然爬上长江的肩膀。
广场中心正迎来汛期，我们头顶的降水量
将越来越有体温。

周锐涛，就读于成都文理学院。

嘉陵江观记（外一首）

吉克有古

从遂宁至南充，充斥着赤峰峡林
高耸入云却狂龙生风
我们在南充参悟嘉陵江拾来的书信
还有海鸥磨脚的石头，贝壳形状的屋
在岸上，我们观察着白云的流动
伸出食指进行入座，试图改变方向
再拔出水中央的大桥。于是，嘉陵江无阻
也未有可阻挡之物，强行进行分支
渔船、池中之鱼、象群也在隔岸观火
像一只虎鹰正等待猎物上钩，捕捉
而我如虚实，与另一个我置换身节
然后，深入青草地采摘蝴蝶兰
吸收饱香，亲吻桂湖嘴唇
直至夜色潜入江面蛰伏
万家灯火闪亮，嘉陵江开始涨潮回落
抖动月光与我们身后的影像
拾起江风与盐渍的左耳环
当星星在具体与抽象间流动的时候

涪江诵

一个人只身前往遂宁船山地区
前往宋瓷大器和陶罐王国
练习史学手记，于圆觉寺打禅
入夜，我站在莲花岛的山顶
巨轮、大厦、鱼池、司马、子昂之碑
在涪江母亲河中，走了出来
莲花岛缓缓移动，黑夜如一头巨兽
托举再托举，仿若饥饿鲨腹
吞噬流动的紫石云与萤火虫
然后沉入水底，仿佛不曾出现
仿佛只是梦幻一角，如我的梦中
偶然出没的诵词。
深夜，我们走下山顶
密林深处传来的几声鸟鸣
让山中孤寂，让我
成为山中的一部分
此刻，涪江水与夜色极其温柔
我们犹如悬挂天空的月亮，在明亮处
在水的中央冠冕，再掌舵我们的命轮

吉克有古，就读于四川师范大学。

当你如谈起一些野草的生长般谈起我（外一首）

朱文艳

今夜无事发生
便静默照旧　伤痕永失
拾此不可充饥肠
便成为风干的一枚心脏
永远呆立在高空
春天的秋千索比柳絮还易断
我们季节性的相遇
遵循着候鸟南飞　鱼群洄流的法则
生命时常保持着全新的姿态
去翻弄因某种喜悦而愈加故旧的废纸
人生像荒原一样空旷
而故乡是一个晦涩生僻的脚注
潮湿陡峭的地方尽是
山阴是故乡　谷底是故乡
蜻蜓的翅膀是故乡
蝴蝶的触角是故乡
触目皆是　可遗憾不是

流浪催生着更多　更远的灵魂的交错与重构
诗人是　嘉陵江不是
重庆是　我不是

事如春梦了无痕

“事如春梦了无痕”
是说时节好得恰如其分
波心荡荡　狮子沉默潜行
“你见过那柄生锈的剑吗”

剑梢短促地下过一场雪
你说你见过的是白鹤迁徙
九州四海都翻山越岭似的来了
天地间的烟尘是一捧经久不息的蓬莱雾
缘起是溪流滚落的白月亮
缘灭是颓然倾倒的雷峰塔

长江长江　如果我黑暗如几亿光年外的星
你会流经我吗
如果我只甘心啼血却不愿见一见春光
你会抚育我吗
如果我的故乡以笨重而粗犷的名字唤我
你可还认得我吗

而当故乡终于成为不可回首的远方
你在长江第一弯处向我回望

阳光便磨损了我的骨节

朱文艳，就读于南京大学。

望涛（外一首）

焱引

下雨时，你比江涛还晚。三块钱的炒螺
十倍的章鱼，加一抹风的醺醉
行李箱溢出你流浪的质量，而取景
依然不够晶莹。这不能怪过度晦暗的蒲苇
学你一同平躺，比随处莺啼的脆弱
更想闭眼漂流，到雾里冲洗花
挽留夜的营养。可涛水已经退出江岸了
仿佛，小泥靴和干瘪指环都只是偶然

也许还会有更晚的。一摊同辉后
失落的淡月，松垮地浮于你怀抱的虚张
更多声音陷入回忆：“不能涉水
也不能天黑”。因此萤火还不舍得褪色
最后替你掀拉远江的倾斜线，让你又想起
你想象的爱人，先往北流，又不断东去
未来，涛水又会到哪些地方？你听一晚上
一个不哭的守望者眼角的答案

在汉口江滩

不要再修正更多水漂了，那些腰疼的
白鸽形风筝，不会顺从被白云否认的线索
啄别你。倒影从滩岸褫夺去颓岩的纹理
在你决堤的多种变化间，渡船
成为马鞭草对脚印最终的保留。至潮的那一片
你也想拾起，以此叫停出发的方向
“人们都说，长江是我们不忍割舍的形态”

但你还是在汛期前掐断了波涛
只因，营救一种干涸的事理足以加重
满身滩涂。两分钟前，你偶尔谈及
水生物雕塑上爬行的蚂蚁，它们从爱情墙
钻出来，飘到更崎岖的历史分界，究竟能
擦干几次假说？荒芜的盛宴已等候多时
可直钩，是唯一不被渴望的鱼。在江声之前
你永远亏欠没能饮尽的漩涡

焱引，本名曾俊焱，就读于华中科技大学。

江海谣

杨世全

穿越是一场冒险
旅途过半，水雾渐浓，长起水稻
种水稻的地方把它叫作南方
南方的粮食与水源一样古老

江水横亘南北两个时代
一个早已过去
还有一个正在赴会的路上，即将到来

几块卧石静立废墟
——褐斑无角山羊默声啃草
林中密路交错汇聚于命运分岔口

于是听见水滴击穿第一声啼哭
错觉降落白尾神明
此刻每个路过的人都要抬头远望
长江里有一万只鸟的眼睛

这是一次内陆人对海的想象

暴雨行至大桥中央

蒸腾漫过头顶

消失在江面举手可触的云雾中

杨世全，就读于北京师范大学。

乘索道去往江的另一头（外一首）

重李

太阳缓慢地爬上山头，金光四散
鸟啼刺耳，游荡山林，飘荡江面
沉睡的人们与索道一同醒来，
乘上最早那班索道，将自我与城市融合
江面从脚底穿过，山城一览无余，忽明忽暗的灯光
暗示着新一天的起伏、未知，与魔幻

铁索穿过，传来机器碰撞的沙沙声，
远处大桥，挑着扁担叫卖的老人，飞驰的黄色出租，以及
拿着早餐奔走的人们，不同声响组成山城交响曲，
在江面高昂或低沉。
长江奔流，写下一笔一画，与三点一线的人生一样，寻常，又非常

爬山，汗流满面。忽而坐车来到长江对岸，
斑驳的巨石，刻满时代与长江的沧桑，
席地而坐，江水缓流，看着对岸建筑，视野构成平行线
将思绪折成纸飞机，随长江漂往不知名远处，最后沉溺、溶解

夜晚，坐上最后一班长江索道，
五彩的灯光给予城市与长江最为梦幻的衣裳，
望着穿梭而过的一切，想象江的尽头在何方。行人一一原路返回，
无望的夜晚就此度过，只是城市与江面依旧喧嚣，饶有意义
而自我，将所有的未知、幻想、希冀，包裹着巨石，交给远方的长江。

长江在我的血管里流淌

时间将人生切片，打开无数时间隧道，使得将来被预判
路的尽头是什么，江的尽头是什么。
没有答案，带着对未知的期待与迷茫，以及些微的惊奇。
站在岔路口，看着那一条道路，分割成几条道路。
一个选择，又多了几个选择。
幻想坐上轮船，嗡嗡声响彻江面与耳边。
江面也分岔开来了，延伸成了几条江流。
可如此往复，终究会寻找到尽头，以及走向原点。
于是乎，江面和道路都是一个圆圈。
只是，我们从这头走向那头，再走向这头
这样想想，儿时落入乡镇的小江边。江面轻抚我，脚底游过鱼群
这条小江流最终是否会汇入长江？
那我们的人生，又将如何汇入穹宇，又跌入长江深处。
只是那些幻想都太过遥远。
后来有天，花费几百，踏往轮船，奔赴长江。
那些未知的幻想与猜想都在一瞬间沦为现实，夹杂着雾气与阳光

告诉我，长江尽头望不到边儿，远处只有朦胧的群山，以及忽而飞过的大雁

还有时不时出现，戴着鸭舌帽，伸出鱼竿，耐心等待的老人。

我感受长江正与我诉说，船身划过江面，形成两道不太完美的冲锋线。

我站在岔路口，长江仿佛在我的血管里流淌

重李，本名李航，就读于重庆移通学院。

一滴雨滴落在甲板（外二首）

水良

飞过一片天空的不止有大雁
携带着记忆的风，在黄昏即将抵达的时候
从对望的青山中步出
喧嚣在遥远处沉默，只有鱼群
在波纹里游成一片旋涡
江面下的风暴在未来某刻突然呈现
席卷穿越的梦境

离岸，然后靠岸
向着目的地的漂泊比流浪更加孤独
期待是月光唤不回的清寂
而雨珠，那来自云朵的馈赠
要用一生的提心吊胆偿还

在天和江的交汇之处
别离的情绪最后一次撕咬黑夜
留下无法愈合的伤痕

长江之上

付出夕阳的代价
当列车又一次流过长江
把所有杂音切割成惊叹的音符
码头上的摇椅睡着了
只剩下汗流浃背的人们
不知疲倦地行走
卷起一个梦境，或劈开生活
在长江之上
所有的不为人知都有了厚重的意义

从一个城市通往另一个城市
在用脚丈量土地的历史里
天堑，代表着不可逾越的鸿沟
货运的价格用生命标注
账本上写满了被迫的自愿
蜜糖味的砒霜暗示着嘴巴的不公

而现在，长江之上
列车里的旅客正昏昏欲睡

览物帖

幽冥的本义：尝试站在隧道的尽头
用坚硬的石拱包裹住全身
但把眼睛放置在了身体之外
赋予堤坝另一种含义
——土地交给江河的质子
同时在内部抵抗潮水的侵袭

解构一个文明，我们从反崇高开始
而车轮的滚动中无形碾轧着
另一代人浇筑的大路
但长江就在那里，波涛汹涌
或平静如纸叶。缓慢地吞噬着
板块分割的旧迹

缄默不是黑夜唯一的答案
只是被月亮看着的时候
我无异于江上一苇

水良，本名佘开元，就读于西安外国语大学。

临江仙三首

何承刚

临江仙（其一）

漫作新词酬酒，别来节序匆匆。孤星斜月碧云东。凭栏烟色里，吹梦雨声中。

南浦鲤鱼何在，关山封恨重重。人间天各此时同。高唐一夜梦，吹浪五更风。

临江仙（其二）

行走人间何往，当时花锁重楼。春风寄我五湖舟。先生身未老，犹可忆风流。

归去江南偏好，烟波云雨南州。含情脉脉水悠悠。长江应解意，万里伴飞鸥。

临江仙（其三）

昨夜东风吹南浦，难言昔日曾经。江南江北渐分明。使人如有问，来世付平生。

十里荷花沙路古，绿杨堤上徐行。姑苏城外听潮声。王孙北去后，莫忘此时情。

何承刚，就读于山东理工大学。

大江之水（外二首）

田宗仁

从高原到平原
落差的距离使我们方言各异
倾泻的趋势，让树木有扎根的理由
岸堤怀抱河水，河水怀抱村庄
风沿着我们不曾到达的河谷
一路向东，从高耸的山崖到繁华的都市
为了感恩这浩荡天地
我们把大江之水称为“母亲”

沿河行吟

沿着河流前进是危险的举动
也是求生的行为

在长江两岸，屹立不倒的
除了千百年的传承

更有人们坚韧不拔的生命力

每个夜晚涨潮的地方
一定有人在歌唱
为每只沿河飞行的鸟儿
点燃生命的火焰

长江与大山，以及部分草原
仿佛一具偌大的肉体
血液循环流淌，躯干便生机焕发

河

我知道，我信仰的一切都是河的孩子
包括我
风来激荡，风去沉默

我知道，麦子、水稻、玉米与村庄对我的好
都是一条河的允许
我会叩拜，寻找
在午夜灯火闪烁又熄灭时
为河筑起不朽的神邸

与一条河长相厮守是荒唐的

但我是河的孩子，自人类文明诞生时
我的先祖就已成为河的孩子
我们都习惯于伴水而居
成为河的孩子无疑是我们一生的执念

田宗仁，就读于贵州盛华职业学院。

岷山导江（外二首）

宁粲然

一朝成疑的命题
一切祷祝，狂舞，寒流催开
云霓的飘忽
火是冰的孑遗
生是死的背影
她问，唇吻着天穹
就像在神话中转醒——
我是谁？

候鸟那无数眼睛落成雨季
月光长满了身体。你说
这多么容易——
风暴之下你我结为琥珀
雪山之上我们蹈入羊群

唐古拉，我解不开你
笔像唱针一样悬停

楚玛尔，通天河底泪水干净
海水深不可测
深渊是一封空白航空信

母亲
我以肇始为美丽

长干行

黑夜如浮萍散开
天空折射火柴的余烟
逆风袭击灞岸
他从未离去
却东逝不还

夜阴侵入黄昏之羽
地峡劈开一绺闪电
太阳沉沦滟滪
何必以等待为念？
我们竟凭岁月相连

光年直抵沙岸
莎草淹没秋天
风像一排排栅栏

他寄来红叶
我抛下簪环

三院长江一角

乌鸫断送星之寂静
我回避你，金光菊
夜露下沉睡的光明
红房子蓝苍的背景系上白绦
泡桐树叶离开造纸厂
水草中我看见屈原
然后维舟，风稀疏不安
我愿意为自己刻下谶语
只不过青春竟
将一张张熟悉的面孔浇灌
枯萎，低迷

一遍遍春天
一次次骤雨

宁粲然，本名李华，就读于重庆三峡学院。

江灵原民（外一首）

渲逸

破晓。留守。在江东回汀
一些亘古的鹿鸣颠沛流离
从喑哑深处寻觅先民足迹
脚印深浅隐没
几桩迁徙故事，开始关乎生计

安定吧，不要留恋山巅
像洞庭湖畔止息的涟波
以乐府的帆影介入，似纤绳
宗族与鹿群，纠结意志联结成宿命
此刻，远渡的蓝色香火
在我的脊梁处无声地航行

没有一场救赎从千百年前被传说
选择同江水脱去时间的衣袂
当山林吐纳兴盛的气息
阳光来临。这筚路蓝缕的名讳
终将找回真正的澄澈如一

江河归途

如何形容，一个秋天的复苏
远方龙舟鼓声苍凉之际
行至渡口。一些经久的诗文
在江心深处开始悸动

回家。将迟暮的荷花收拢
向唐古拉山索要零落的雪
江水依旧，直言不讳的芦苇
抖落些许古早蒙尘的字眼

走吧，乌篷船早已呼唤
允许一颗波澜不惊的心兵荒马乱
当所有回归江河的模样
彼时，我别无他法
唯有裹紧，这湿漉漉的人间

渲逸，本名王谡，就读于大连外国语大学。

浪（外二首）

十三月

清晨六点，光在浪花里摆渡
或喧嚣，或沉静，或嘶吼，或呜咽
我只偶尔看见泥沙翻起，接着
又被激流冲刷了视线
新草，野花，白云，两岸青山
都在这里蜿蜒，如同一个
坐在父亲肩上的孩子，神采怡然
望见露水的清辉，望见蒙蒙的雾气
以及闪电一样的飞燕，在寻找
它们各自的更迭，这一切
都在孩子们的笑声中，与江水呼啸而去
带着历史的沉淀，一同寻找龙马的归处
船头的鱼影中落下飞花千片
一扇又一扇的窗和门屹立云端
这里没有仙人的足迹，只有代代的开垦
和灯火的朦胧

江水记忆

有时，万物更迭在寺间，总是一抹红绸
在碎隙中，在斑驳的脸颊，缓缓移行
有时常驻在这里，在每一片叶落中
或腐烂在河床里，或屹立不倒
记忆缱绻，被雕成一座古墙，上面有
住房租卖、社区公报和寻人告示
儿时的我从不去看，如今的我举目茫然
我也试着模仿盛唐，吐一口秀气
饱蘸长江的诗画，略施粉黛
描出柔软轻盈的线条，笔毫流转
在回忆中点下一颗眉心痣
情思散乱，风已不再是风，是游船的尾巴
鱼群弹射出珍珠的长弓
飞鸿长鸣，在半斜微云中
荒芜与新生并存，它们该怎样交叠
我忍着不说
因为，那将是最后的留白

弯弯的月亮

从一滴露珠开始，圆月就在遥夜中
放大，放大，又放大

把清辉铺满整个江面，波光粼粼
惊得鱼儿们从江水里扑起，各自衔了一口
于是玉兔儿躲进了裙摆中，圆月变成了弯月
人们的思念
翻过了一秋又一秋
孩子们才不堪这样的寂寞，齐声呼唤着仙人
要让鱼儿吐出月亮来
可是鱼儿吐不出月亮
梦里也没有让我辗转反侧的姑娘

十三月，本名马佼，就读于四川工商学院。

走向长江

戴陌

我在山林奔走，把露珠藏在指尖
那是你微小的化身
我在稻田奔走，把稻穗一片片拂过
那是你金黄色的激情
我在岸堤奔走，每一株芦苇都是你的影子
它们摇曳着催促我向你走去
穿过白墙黛瓦，闻着风的味道，追着白鸽的尾巴
于是，我见到了你

你怎会如此温柔
夕阳降下粉纱，你在粉色的纱帐里眨动明眸
一肩靠雪山，一肩枕大海
把每一寸土地都拥在臂弯里
静谧、沧桑、肃穆

我就静静地躺在那臂弯里
自由地酣睡，风也叫不醒我

涛声揉化了眉上的雾霭，把浮华分在两岸

流进了我的梦里

于是，我也变成了你

抱着这片土地，一直流淌

流过桥梁，流过游船，流向人海

——

戴陌，本名戴元园，就读于金陵科技学院。

雪山上的歌声（外一首）

叶澈

你自琼英铸就的唐古拉山脉而来
你曾在凛冽的风尖上轻舞
璀璨的冰晶是你发丝上的花环
太阳为你铺下比黄金更耀眼的长廊
雪山藏蓝的味道
你缘何成为母亲
数亿年的奔流未曾沧桑来时的路
可你已不愿只属于你自己
日月星辰，鸟兽虫鱼
还有那唯一的见证
依靠着你走出了崭新的风景
稻子，陶器，图腾，洞窟
祖先的血
遥远的故乡
来时的踪迹
和你，一刻不停地在共同的时间里奔流
你早已融进了我们的血液
凝视，那少女和母亲的微笑

长江怀古

赤壁的火点燃了连绵的船舶、野心
史书薄薄的一页，几行描写
照亮了苏东坡的诗词歌赋
她的面庞
无言的记忆和遗忘
养育了他们，又作为天险等待着举办一场水的葬礼
承载着无数的理想与沉默的痛苦
只有你会记得曾经发生过的一切
胜利，失败
水底的面容，撞击水面的声音
唯有那个昏黄的下午
橘红色的衣服穿在你的身上
向晚的渔民轻轻地打捞
零零碎碎的歌声
淡薄的暮色

叶澈，本名侯一卓，就读于浙江传媒学院。

江流

修圻

小时候，我只记得风筝，
堤坝，夕阳，渔船，
金色的绫罗在时间上飘。
有人在岸边捉蟛蜞，
有人用傻瓜机照相，
有人骑着自行车，把铃摇得很响。
我还不懂什么是浪漫，
只是被爸妈牵着，
放飞一些自己喜欢的幻想。
它们在天空中望，
望着生活在绫罗上留下撇捺。
那时一切都很简单，一撇一捺。

到如今，只有大桥，
清早经过，黄昏经过。
到了需要思考未来的年纪，
车水马龙，我开始学别人低下头。

清早经过，黄昏经过，
长大了，世界似乎也变得拥挤。
直到我随心一瞥：
城市恭敬地立在两旁，
铺开那条通往天边的路。
他干净磊落地朝前走，
任由那纷至沓来的部首，
在他的身体上自由创作：
这会是一篇怎样的文字？
带着这样的好奇，
不再低头，我开始望向窗外的远江。

修圻，本名陈修圻，就读于南京工业大学。

我要做一只江上的飞鸟

沅一

夕阳要燃尽了，行船簌簌飘落
水面是破碎的玻璃
山峰的巨人把头颅深深插入云霄
群星璀璨在他肩头
柔柔水波为他披上碧绿的绸缎
暮色浩浩茫茫
蓝色的天地中，珍珠一样的盘山公路
朦胧湿润的群山化作青翠的龙
我青春的脊柱里有一盏金红色的灯
雨雾里湿漉漉地发热
我要做一只江上的飞鸟
自由自在地飞翔在无边无际的空气里
听世纪的浪潮把翅膀托起
不断向上，向上，向上，向上

沅一，本名刘沅，就读于江南大学。

长江之道

洛霞

奔涌，再奔涌
以水的形态从喉管灌入
我体内六千三百六十三公里的通道
沸腾着九宾赞礼
白头鹤，远来的使者
收集两岸千年禾上微风
悬于杨慎腰间
在樵船摇曳中，层叠出满壶醲郁
朔日，江豚与白鲟与绿林
借一弯倒影轻启陈酿
江渚自此迷醉，借两岸氤氲绘就流淌的帆影
流淌，直至遇见野鹬栖息
入海处，爪印在沙洲烙印下长江之道

洛霞，本名董德雨，就读于南昌职业大学。

辑三

草木图鉴

长江濒危草木图鉴（组诗）

张力

荷叶铁线蕨

江边的漫游者，请自备经纬
方向感已被陌生感虚构，对于被遗失的恐惧
很难有人能摆脱。太阳隐晦
今日我没有再带上比喻和修辞

江边的漫游者，是什么让你念念不忘
愿意舍弃新鲜的喜悦，做一个忧伤的旅人
此后时光流逝，角落里的潮湿处
一株荷叶铁线蕨，忍痛对茎上的墨绿色
保持深刻记忆

江边的漫游者，你又是否愿意
擎着星星的微光，尝试独自倒伏在沉默的江水中
细细端详荷叶铁线蕨叶片边缘的圆钝齿牙
你不要战栗，不要咽下衰朽的蜚语

我想，江边的朝曦和露珠
——会同时到来

扇脉杓兰

沿堤岸，我细嗅江边寂静时刻
和往年不同，潮湿的旧事正随着水鸟在孤岛停留
江波的褶皱里，扇脉隐嵌其中
被迫习惯少年瞳孔间的惊奇与羞赧

至于茎上的柔毛，我早已忘记
雨季即将到来，某种恻隐沿着扇脉
在生活的缝隙里肆意生长

我们总得爱着点什么
比如面对眼前的这几株杓兰
轻盈、明澈、语焉不详
所有的错觉都是有迹可循的
譬如错过植物的隐喻，会激起我们内心
贫乏的冲动。暮色四合，席地而坐
要赶在古典结局到来之前
掩饰住叶表的甜香所默然传递出
关于扇脉杓兰回音的振幅

珙桐

珙桐的秘密，取决于其卵形鳞片
方寸之间，散发出的淡白色气息　略带凉薄

已经沉默太久了，都说你像一只白鸽
打开翅膀，去人间初尝失语的滋味

我深知自己的局限，更深知眼前的细枝
在唇边涌起时，会幻化成我记忆深处仅有的动词

故事的尘屑总是带着歉意，当人们纷纷讨论
眸中忐忑与沉思，将填补我们空白的命运

我不知道，坐在珙桐树下，坐在爱的人身旁
需要经历多少劫难，又能止住多少目光

张力，就读于湖北师范大学。

回到长江（外一首）

郭忠实

大雨滂沱，暮色渐深。那个低语的人
又从城市回到了长江。拿出在行囊里
搁置已久的网，网住河里的鱼和
这经久不息的雨季。我竖起耳朵
听着陌生的乡音和理想的残梦
坐在石椅上的老人告诉我：归来
是一种新的存在方式。我甘愿信奉为
真理，即使尚未经过深思后的考量

晚归的人戴上草帽，披着蓑衣
在乌云密布的麦田，用粗糙的手掌
抓住太阳、炊烟、粮食、泥土
飞鸟的影子，还有诗的灵魂

夜晚的月光，依旧照在大槐树的
树影上。就像二十年前的长江
永远都会在我的心头停泊

长江源行记

在高原更高处，我与牧民
穿上三色绒条的藏袍，蹚过
清澈的水流，踏过无尽的雪山
试图采摘食物的种子，白色皮毛
的雪豹隐匿于山岩，经幡的缠绕
让圆柏也有了咒语和经文的图案

我们继续深入高原，只为寻找一幅
生命的图鉴。看到
有声望的长者，向天空献出生民的
敬意，以此回馈大自然的恩赐。田野的
青稞籽吹落在远方的流石滩，牦牛的
体内，流淌着昆仑神的血液。狂风呼啸
过后，我枕着黄昏入睡。在梦里
虔心参悟长江源的文明美学，以及
一门关于神山和圣水的生态伦理

郭忠实，就读于桂林学院。

数梭鱼草（外二首）

韩卓颖

我们坐拥江水的步调
拍打蔚蓝的心脏
桥下穿行过汽笛声
而耳蜗贮藏谣曲
当白鳍豚一跃而起
瞬息间梭织奔流而过的可能
此刻，重新注释江水
自初以来的多义性
慈柔地反刍，归家路上
我们沿江边数吹散的风
就这样把梭鱼草数蓝了

秋沙鸭

你嗅江面上的光，拨算着多久
让途经的白鲟跃起

打出响亮的波浪线
而你们的喙相互纠缠
呼吸放轻，水柏枝给了九月
重新通航的机会
我们打开这片腹地
折叠出苹果绿的气息
然而我像你亲密的眷侣
传送未明的话语

秋江图

经年来你改写着浣衣女的谣曲
列车奔来，你唇齿间喷出白雾
从树冠下飞驰而过
而渔夫逆风钓起航行的距离
捕获溺水的流云，你注视那唢呐
吹开菖蒲体内薄霜
涌动出穷年累月的味道
你向天空敞开过疲倦
也兀自流下过枯黄的泪水
而我们站在山巅未曾注意

韩卓颖，就读于浙江省丽水学院。

江畔人家（外二首）

萧子

或许我应当对丘陵地带保持沉默
这种直面大江东流的勇气从未削减
将红色尾巴的蜻蜓扔进江水
那已经是很久之前的事了
在南方，一直需要蜕去身上的蝉蜕
我将衬衣摊成一个竹筏
弧浪从发梢掠过，巨大的落叶挡在天空眼前
我把童年的稚嫩，全部交付于此
浑身的毛孔翕动着水荇
我亲近青石，以及青石下的螃蟹
我亲近枯枝败叶，空虚的蝉鸣
在沙床上，贝壳露出牙齿
或许我应当对这片生灵保持沉默
像表哥，提着竹篓，拿着竹竿
任由江畔的草野漫过膝盖
表哥表哥，你的胡须三年未刮

代刘君禹锡书

嘉陵江，你是长江的手臂
也是我柔软的鬓发，一缕缕
像波纹，在时间的镜面悠悠晕开
来听一听巴山脚下传来的民歌吧
我的心，停泊在这热闹的码头
仿佛空空的小舟，一谈到归期
这雨就大了，它为我披上绿萝
也为我打起节拍，我的酒杯
暂且搁置在这昏黄的书台
多少年了，我的日子依然陈旧着
这里何尝不是我的故乡？
静静的夜晚，它正诉说巴山的哀伤
诉说向东流的疲惫，诉说春天
我停留匆匆的脚步，山花烂漫
我写下心事，用临近的山头作枕
这条沉默的江流则为卧榻

合川或我的密网

今夜火车停靠，合川站
嘉陵江畔的小城，长江流域
我偏僻的故乡

一定有人吟诵流水
这最后的抒情，一定有人种下稻子
山上可能还种着茶树
翻过隔壁的那座山，种满了橘子
最鲜艳的季节向来不是春天
南方，冰凉的腥味
你一定懂得，江水和江水之间
会有一定的差别，我爱上的那条淡水鱼
也会爱上别人

萧子，本名肖柴胡，就读于四川农业大学。

在长江的尽头（外二首）

月休铭

它舍去了姓名从而获得长久归属
分明还在汹涌着，却平静广袤
澎湃的余光在浅滩聚拢
水鸟是不必矫饰的诗，断行
在海平面彻底拼接夜幕前
我无数次在心里抚摸
由高原草甸编织的锦缎，山林蜡染
纹样被四季熨平收入河道
由海洋亲自拆开这份陆地的
温柔。鱼群像络子兜起逸散时光
江面被流云勾扯出瑕疵
长江的尽头，安详替代涟漪
未见远处汽笛声惊扰诗意
芦苇在晚风中低垂眸光
借星光缝补静谧，蜷曲的沙砾
睁眼看见黎明
拂去江水千里迢迢的尘埃

黑鹳与它的江

敛翼涉水浅滩的精灵
享受长江中下游富饶的一尾
鱼，鳞片摆出彩虹
它以晚霞啄食晴天的丝缕
这朵乌云在山林间盘旋
黑鹳振翅踩碎江波的警觉
比芦苇更清楚微风传来的讯息
离群索居的候鸟独享白天
夜晚静谧时孤独者共同聆听
星空唱给江的离歌
沙汀是乌云梦乡的地基
扬子江涤荡雕梁画栋的枝丫
漫长岁月中它成就了谁
历史、呼吸、自然
氤氲眼眸中一切都与它有关
而黑鹳润湿尾羽梳理
它的江不断流进旧日的足迹

月光下江水的涟漪

故事由江豚诉说
跳起又落下　如同翻涌的浪花

一片寻不到西山的晚霞
江里　人类听不到的迷惘

背鳍、鱼尾和躯干伤痕累累
游动能否越过现代化?
当它成为回忆　埋进故土消亡的泥沙里

四季拓印在生命的时序
触摸　感念脉搏跳动的韵律
一切发生　岁月无法抹去

自然造物置于大地
与江共生的麟羽走兽
扎根众生之地的一棵树
时光酿成琥珀模样
嘀嗒　落在江中搅动月光

月休铭，本名哈玉龙，就读于兰州财经大学。

遥远的水乡

陈羲

砂石仍在沉睡，江水上涨的日子模糊
和你一样触手可及，又仿佛是下一个世纪
没有人垂钓，鱼群以蝴蝶的姿态游动
追逐一只纸船，孩子们为它模仿
电视机里的汽笛声：嘟嘟北上的火车
去年夏天开始在市镇停留
带来咸涩的风与汗渍的信
女人的头巾遗落满整个站台：一地
晴天里啄食草籽的白鸽群
蜘蛛已经学会随灯火迁徙
露水把泥巴消化成光
你的影子依旧瘦弱，张着六月的弓
用一枝竹箭正对准我的心——
三岁时放生的小圆镜，多年以后的
某天，突然变作一只独眼的猫
猛跳上我的窗台

陈羲，就读于江西财经大学。

夜宿江滩

涂池

惊扰夏光的波涛何时回来?
人群饰演着自然
夜宿江滩，昨夜有何人感想:
江中月，桥上人，水中兰草

正因我必须做古典而质朴
一条水痕的傲慢开始延伸入沙洲
我们支配江水的时序，图画
中拉起熟悉的号子
那是父辈们对我召唤的声音

夜宿青绿之中，水流穿透我的身体
偶然间，临摹一处山水好风景

在开口之前我们已经被乡音浸透
夜宿在外，已经习惯疼痛的问候
那样的景观已经凋敝

而两地的时空，砍伐我们的身体

惶恐，已经达成我们亲密的意义

涂池，本名张峻嘉，就读于南昌理工学院。

从何说起（外一首）

付炜

断然不会是雪，因为雪还未落
也断然不是窗，因为窗
在冬天的楼上，还将断然不是
一把椅子，它并不会因我的离开
而有所丧失，它还是在那儿
在房间里寓言般伫立

那从何说起呢？从南方，古典的
南方，想象的南方，我头顶的风
云游过的南方，说起蔓草无边里
一小片的空白，像符号
令双目停顿，令你惊骇而起
想到叶落的回旋之姿

和人间轻轻的窸窣一响，哦
好像什么变得仓皇了，我只好
愈发沉寂，收敛起转暗的天色

还有流离的树影。即便造物怂恿我
我依旧不再言说，留下野烟一缕
陪伴着长江夜流

野山水

黄昏在柳枝里，用绝句的语气
引我过去，我却一脚踏空
落入雨后湿软的田野，无意间
看见夜的秘密音节，已抵达
另一侧山丘隆起的唇边

时值暮秋，光阴消殒于无形
梦境与此刻暗通款曲，我感到自己
竟成为这片山水之中唯一危险的
部分，只要微微移动
泥土就会在靴底发出尖叫

伴随暮色暗沉，我仿佛收获了
风景的一连串省略，那些
我看不清的事物大致怀着
某种永远被遮蔽的决心
一切如常，一切如虚拟

付炜，就读于香港都会大学。

荻海絮语

张锦鹏

离开汉口江滩，一些泥土抱住我的裤腿
偷渡或者说追随那株
折腰的芦苇，在长江边将它拾起
地铁的呜咽让我回想停泊的

船坞。那时黑夜已将芦丛覆盖
绵延六里但更为广阔。我们在栈道坐听
荻海的絮语，有些汽车在更远的大桥
拨远了声音。一丛又一丛，密麻

水鸟误以为大地长出了白发。我们试图
走进芦丛的中心，而交错的细杆像
丝线捆住了竹简撕扯不开
索性就绕到背后吧，在长江和

江滩的临界清洗满身的絮团。一场雪
落在拍击的黑色水流，桥上空

月亮忽然映入眼帘，她的光让人
分不清是鸟还是芦花

张锦鹏，就读于华中师范大学。

大江（外二首）

郭园

流水不是绝尘而去，有后浪追赶
无需问大江年事多高，一眼所见沧桑
皱巴巴的容颜
浪与波，总反复折叠年轮

大江远行，不问归程
自古向东流，体内有自己的长歌
有分流的一支
从第一水湾，越过沙洲的筲箕背
在涪溪入口，自立麨溪河
那就是养育我的家乡
大江从不计较指责离经叛道

放流

初夏。东瀛门外，长江上游的部分

车满载的鱼，在此放流
鱼像出游，经过旅途的跋涉
得到一处休憩

第一次感觉水异样的温度
与宽度
不由蹦极，触及江的心跳
兴奋得翻波卷浪

十年禁渔，休止了晚唱的渔歌
鱼休养生息，繁殖增殖
还一条大江的活力

鱼鹰

只保留对水的本质
我不轻蔑地喊出水老鸦
潜伏失联，出游成船
划翅，击水，拉高力量
展翅一道风景
我完全相信匹配一只雄鹰
搏长空，呼风唤雨

眼见为实，大江的禁渔令

不拒绝不速之客

更没有限制用武之地

郭园，就读于宁波大学。

江水涌动（外二首）

袁佳运

向着海的方向，一路留下
白色浪花与波光粼粼，光、声、色
相互吐露心扉，诗句浸入岸边
草木应声起舞，风的臂膀
扛起朵朵青山，鸟鸣入叶
抖落一身薄雾，露珠晶莹
折射万类霜天，自由跃动
平静处生涟漪，圆满音符
弥散、飞扬、泼洒、留白
回音壁将绿色的呼吸声提炼
安神、净气，褪去灰色尘霾
目光在泉水里想象玻璃的韧
我本远行客，足迹在河流旁
恋恋不舍。凝视滚滚江水
悠悠历史渐渐澄明，不知不觉
热泪在眼眶中徘徊、涌动
正如此刻面对着江水涌动

生态辞

走入森林，叶上生灵以清晰的鸣叫
唤醒我的骨骼。清新的绿深拥肉体
皮肤进入爽秋，瞳孔想起泉水的梦。
每一个脚步，都是一枚图章，行走
于天地间，泥土温柔，白云流苏摇。
长江滔滔，鸟以曲线实现桥的意义。
看，江水升起的旗帜，以波浪的画
不停冲刷着空气，咆哮抑或沉默着
从我视线中流过。我从水看到水，
木看到木，草看到草，花看到花，
本质以原始的美实现内涵的充盈。
站立于长江边，千百年的居住地
靠着千万年的山水，我如同孩童
听那些自然与先人的故事，慢慢
地在如今变成可爱的歌谣，落满
山水、城市、村庄的每一个角落。
生态辞在吟诵

重生

江水洗涤，天色呼应
绿，脱下尘衣，肉体入水

清风掠过大地的绿胡须，
浓密中，生出千万条道路
过往的单一路标重生，以
繁多的方向诠释天人合一
哲学的堂奥。四季的使者
用不同颜料尽情地挥洒，
一种来自自然深处的呼唤
重新让我们的耳目长满了
山水画。凝视着重生火焰
一一将长江沿岸的万物者
赋予生物与植物最初尊严，
我们收获了一场重生风暴。

袁佳运，就读于大连外国语大学。

饮水

樊简

许多个夏天，月光干涸
我们跟随河的姓名
赤脚寻找水声

季节褪去了蝉鸣，接近
圆的时刻，水面析出山影
波心弥合于此
而冷暖不再装载倒影

我们于是卸下了静默的城市
卸下了比水更动荡的
童年，渐行渐远
潮汛不再合身，草木仍然
仰头，灌下所有雨水

樊简，就读于山东大学。

舟子的歌

章幸婷

野地之外无物存在，从鸟鸣中推演不可察知的上界
春神盘旋在枝头，呼唤一抹翠色，抑或是旅人
远眺长江水，靠巨浪的指引聚焦星辰
御风寻找月光的源头活水，那个朦胧的图腾
任雪山的寒意点缀出星星然的鬓发
站在嶙峋的怪石上看浩渺的烟波
猿啼茫茫，飞花的倒影攀上了弥山亘野
湍急的三峡大坝上的云海涌动着朝阳
在江滩的余晖里静听空阔清亮的梵刹钟声

把年少时的流绪微梦折叠成纸船放进波涛里
给长江加一点草木的熠耀、微风的佯嗔、白云的多姿
银鱼像一阕歌谣在闪动金光的网线上轻巧地跳跃
此刻，透过五指的罅隙窥见逡巡的归鸟
沧澜翻动，或是夜归的星群嬉戏
瞳孔将一片澄澈反射到天空
倒映出长轴画卷，摧枯拉朽烧了一路的亮色

章幸婷，就读于台州学院。

江流设色图（外一首）

王欣妍

天流涌动，在漫长的地平线
生长为无数色彩的容器
斑斓如笔毫，呷了口柔软的云气，
蘸上月光白倒映出砚台，轻轻拢入
马蹄似的线条如黛，
浸润山脉青色的足履；
三角洲的平原呼唤江水的名姓，
抽出银篦水纹的尾音。

看，金色诗歌被谱写在
江流图里，与天穹的瓦蓝心脏相均匀，
大地在潮水的方向延伸，
流动着一种灵魂的读法，无须言语。
有时，在那样褪色得将一切掖进
黑灰色肚兜的夜晚，
你发现它闭目养神，瞌睡呼吸，
旋而一头扎进云雾，

扎进千年的水声波光里，
却依然明亮，永远追忆生气，
在长江胸腔里翻涌着淋漓吐息。

长江寻迹
——白鲟笔记

对于长江，你是一种野生的修辞。
我们追寻你水波中的幻影
如在高山平野
捕捉流光溢彩的诗句；
你沉睡的眼睛却倒映着蓝色挽歌
仿佛无陵的山、剪断的水，
疏朗不可触的明月光。

直到没有人再看见你
粼粼地划开野性江流的尾鳍，
这令人掩目的绝笔啊，
希望不过是一种若隐若现的梦乡，
你只是陶邀在永不识路的桃源，
依然往日，那样热烈地生生不息，
在每一涌动中写下清澈的譬喻。

王欣妍，就读于浙江大学。

遇见长江

廖庆国

清风，先于晨曦抵达这片流域
没有想象中的波澜不惊
祖辈们深谙旧石器积蓄的根骨
于是河流的一排排肋骨
透露出金黄的骨骼，相继靠近两岸
催促着打鱼人暮色的归途

或是偶尔垂钓天色的老者
打捞起清澈的游鱼，沉睡的河床
流淌着二十世纪墨客的智慧与赋辞

总会在雨季学着孩童的习性，反复索取
植被的汁液，天然的露珠，苦涩的泥土
当河水漫过堤口，留下双足的禁地
疯长的芦苇以一种高昂丰盈的体态
栖居于旧址，与辽阔的长江握手言和

廖庆国，就读于长江师范学院。

江豚之吻

梁树欣

沙土蓬勃的血脉，染上水的颜色
留下纯粹的蔚蓝
江边的泉眼，碧绿质地
是地球的眼睛
透过栾树的罅隙，看着太阳的秒针落进叶脉
嘀嗒，嘀嗒
像鹅卵石敲在鹅卵石上
江边的男孩，蘸着清水
给太阳公公描眉
用指肚，轻轻触散江豚的皱纹
二十岁的我，是长寿的江豚
白鳍豚，我的哥哥
他像水落在水里，不知去向
像落日，余晖落在水域一角
一曲昏黄里，传来他的声音
叫我莫要进入城市的门窗
高楼倒映在我身上，像灼烧的疤痕

一枚透亮的泡泡滑向吻部
在腹中化为一座绵延的青山
那是我亲吻过的地方

梁树欣，就读于河南财经政法大学。

江在万古人间（外二首）

石澄楸

于无垠的空茫之中
原始的色彩缓缓走来
线条渐渐重叠
几朵云自在升起
清澜起舞
是镜中的火
是炉中的星
浪花在古扶桑树叶上绽放
只是绽放
都在绽放
东边已是熹微
皎洁还似昨夜
你在人间
万古鱼鳞的光
正在宇宙间散发清辉

水在上升

水雾在烟火中彷徨
渐渐地
东方的星初现
将你引向月华
我在一片新绿中
好似待砺的珍珠
春花还未绽放
那滴泪早已落下
一场浩浩汤汤的慈悲
在刹那间
向我心中袭来
一缕淡香
绾合着水雾
永远在上升

江在生灵中

七子花已经悄悄谢去
仅留下紫红的萼片
照彻那颗如水般清冷的心
长薄鳅卧在洞穴之中
那么恬静

只点着淡黄色的灯
仿佛皓月轮轮
圆口铜鱼成群结队地逐风而去
一朵延龄草的花舒然落下
岩原鲤那么安详
仿佛水底的墨钟
荡开了层层乌黑吉祥的音色
在我身旁的石头上
敲击了一段段历史的轮回

石澄楸，本名罗杰，就读于北方民族大学。

心的归途

炙奕

离开繁华的城市
那里很喧闹，让心难以沉浸
迎着微风前行，望着小船劈开浪尖
我的思绪划开了历史的画布
流出的血与泪
仿佛也听到了鱼在悲鸣
幸运的他们侥幸存活
不幸的他们失去亲友

忽地，思绪似倒垂的雨幕回归
归晴的天射出一道光
很普通、很平淡，
但恰好邂逅了江面飞跃而出的鱼
鲥鱼落水。那是许久未闻的自然的声音
也许它如雷贯耳，但它已不再“喧嚣”
随着荡漾开的碧波散尽，心再不浮躁

晚归的夕阳将她的温柔撒满天际
被染成橘红的天，还有那只映红的归帆
洁白的月偷偷探出头
皎洁的目光看向年轻渔夫的筐
那里没有幼鱼

炙奕，本名张晨熠，就读于连云港师范高等专科学校。

献给江豚

朱炜泽

掬起一捧清澈的长江水
窥见浮光跃金间百舸争流
感悟生命之源内蓄的涟漪
浪花精灵在穿梭起跃中编织梦境
大自然最纯真的孩童
欢愉的叫声修饰难以掩藏的机灵
天使的微笑在诉说真挚的希冀

沿着静谧流深的航道，在寻觅
寻觅一种不可捉摸的生机
当水花溅起，江鸥俯掠
速写了一道诠释波涛的弧线
目睹纯粹的律动，洗涤干净
眼眸中的方寸风景，抚平
每一颗躁动不安的心灵

想亲昵地贴近江豚的脊背

聆听一次有关自由的呼唤声
当人类刁难的痕迹逐渐消磨
徙居途中也就告别了哭泣
收藏好碧波荡漾下亘古的族群
嬉闹的活泼将继续生存繁衍
映衬一抹游弋的守望

———
朱炜泽，就读于澳门科技大学。

这是一尾鱼

刘臻鹏

光
挥洒
在岸边
构成碎钻
清晰拍摄术
以及叠加滤镜
倒不如匆匆一见
水的清澈会告诉你
再柔软的水也能锐化
饱和度微薄也富于光感
柳姑娘在碧波中染湿头发
青色怕痒似的晃荡腰身
老人与幼儿沿岸行走
影子被平移在身后
奶味的春风慢吹
清水好似平坦
又似万丈青

蜻蜓青涩

唤醒了

水下

鱼

刘臻鹏，就读于扬州大学广陵学院。

长江头（组诗）

罗建峰

长江春

无法像一块石头那样全身进入江中
像屈原那样坠进《楚辞》
只愿在苏州的渡口
求一场风调雨顺
悠长星耀的河廊　点缀渔船
织补妻儿温馨的网　打捞起世世代代渔歌浩盛
你的等待是那样的辉煌
和边陲的子衿不同
我们隔着金山之水
问水事　祝相安无事　江床在一次次分离之后南移
水道注满了我滚烫的铭念　昨晚的月夜莹莹
土地对甘霖的遥望不断

江畔何人初见月

过了一段时间
潮汐越过了时空的羽毛
大地的面庞初现雾水
西方走来的海洋之子
被月光浣洗得纯粹　一道道白露滴在黎明的下颚
西方升起了古老的月亮
江水流进了碧波的静脉
任尔西东

长江水

江水可以流存多少生命
像一片磁铁
无限的吸引
历史缝补了一个个时代的缺口
历史向江水的凶猛走来
历史带走了不属于灵根的结痂
历史按下手印
江水一启动生命的烁烁之光
我们就从江口出发
到深蓝的天涯

罗建峰，就读于鞍山师范学院。

辑四

艄公令

艄公令（组诗）

李甜甜

江水辞

险滩、激流，浪花是她曾拥有的姓氏。
我们一再交出失重的辽阔
与词汇的轻盈推杯换盏。无数次
贬谪，江水接纳滚烫的落日与余晖
而吐出明月和古老的星辰
总有一幕让我们叙述儿时的黄昏
伴随孤帆和稀疏的人影倒映江水的松弛
洄游的鱼与沙鸥，以及父辈的忙碌
让我们的记忆淌成水
从唐古拉山下来一路舍弃沿途的牦牛，与
转经的喇嘛。卓玛在五彩经幡下为水颂词
漾起高原的年轻与一颗卵石紧紧相抱
回到最初的时候，一滴水与另一滴水相遇
成为江水流淌的信物。而从宋朝止息
马蹄声沸，金国的利刃与江水和解

我们在水中打捞彼此的前世。逆流而上
倒叙她的一生，冗长的陈词结语
有太多的波涛和遗憾负重世人的余白。
入海的地方，我们得以禅悟江水的修辞

燕子矶

从史卷中免于劳逸，水面迟缓。
越低的虚谷有充分的热忱包容完整
走过江岸足迹以分身的姿态迎合关节
不时眺望我们互为对质
以为翻过了扉页会让文字趋于清晰
而偏爱搁浅的螺体吹响回声。
赶潮的人与潮汐一样起伏
千年前赴京的书生登船作赋，卸词北上
愁殇的歌女操持琵琶与燕鸣齐声
我们与别离的场景反复错失
误饮杯中之水而使呜咽的咽喉决堤
横无际涯。秋水渐长
池水沉积的萧叶如失聪的耳朵
一片片重叠像人群的拥挤忘记聆听物语。
终于取出动词和延长的汛期
画师简练轮廓勾勒线条的幅度，缓慢屈折
我们以粗粝的唇语交流写意的细节

对亭台的静和山色的空蒙赞扬微词
而抚摸江水我们的掌纹再次读懂她的苍白

艄公令

舟，与水，从此消彼长开始粘连。
他执橹桨和鱼灯复述传记
面对众生而撑开江岸
越宽的水就有越执迷的人痴迷苦果
也有轻生的人在水中得到彻底的解救
而涉足未深的人，淤泥和前方的迷雾
往往如渔网紧紧裹住肉身的挣扎
每一寸的劲都会以知觉的迷失加倍折返。
而舟如粥，水的剂量稀释真相的比例
暗流在平静中浮动，人世恓惶
桨如筷搅动旋涡从唇齿间吞噬水分
加快的频率让江水滋生饱腹
放过争相泅渡的险境和命运的味蕾
而任由福祸相依及陌生的语义蔓延。
多年来，他摆渡惶恐、局促，与窘困
分文不取。也镀金身
和未知的轮回在水中缚茧。
他指给我们看波纹一圈荡过一圈如钟声
桨的摇摆在水中如我们敲打慈悲的木鱼

李甜甜，就读于铜仁学院。

在水街（组诗）

陈贤猛

内心始终有一簇雪
随时准备从天空飘落，铺满或融化
所有的灯盏都已升起
人群中，无法言说的饱满在攒动
一些水柱如竹从河中拔起
水雾缥缈。似乎在等待
一场风暴穿体而过
刹那的凉意与柔软袭来
银霜自发间开始微白
我所向往的，始终悬着一帘水幕的迷离
亭台楼阁的戏剧正在进行
沿岸的歌声也在进行
我在这进行中穿梭，或明朗
巨大的圆月被储存至相机
一些人穿着汉服，她们站在桥上
成为另一种风景或窗口
一种生活平静、淡然。隐藏着
完整与破碎的冲突和秩序

在通榆河

天空的鱼肚泛起涟漪
风从乌桕叶间穿过
一些声音或已形成水滴状
那种绵密，或丰盈从树梢长出
我站在大河彼岸
一棵柳树下，看一只蝴蝶
在草丛中做梦
它双翅悬滞，似乎随时
准备远走高飞
我也有过此类想法，常向天空求索
只是云朵雪亮，只是雨水如注
还未学会如何表达
周遭的寂静已如一场日出
升起。河水不断涨退
那空气，清新永恒。一些微妙吹拂
落日映照在水面
那绯红滚烫。我并不知晓
河水在柿子内部写下了多少福祉

我坐在江岸或微皱的时间中

依旧是古老的流水

滑过。那些脸庞在水中拭去
如此稀松，陈旧
而没有轨迹。我仍深爱
落花和漂水的石子
那隐没令人着迷。薄暮迫近
的确，我早已习惯
独自在江边垂钓一抹雾色
微皱的时间从江面张开
宁静如芦苇，一次次将我掩埋在
吹拂与凌乱中。夕阳下的
火车，村庄和白杨林
缓缓带动某种情绪。所见渐趋稀疏
我在沉淀后的水中几近透明
寂静一直穿梭。江面笛声将远
一条鱼就此隐入某种幸福
我用手，在水中划开一道纯澈
一些荡漾来自树木和天空
一只船从彼岸出发
笨拙地，爱着亘古那些湛蓝

陈贤猛，就读于盐城师范学院。

湘江情人（外一首）

胡既明

最具美人特征的不是尺波，是她被生活调制的色彩
野草成片织结，旋律像是跳脱的啮齿兽
横行。在那里，我们直击生活的本质
观察一只水鸟的第三次振翅
骑着单车如身披一千重红拂夜奔。
我的湘江情人，眼角含笑褪去我
不断新增的疤痕。自由从未如此真实地被定义
我们手握车把，或者迎面倒下
感受千年前的月光是如何将我们洗净。

湘江情事

我们沿着湘江走了许久，周围的草色
是“春草年年绿”的那类，王孙已消失多时
船只六神无主地站岗，水位的警惕被搁置多年
韶华流水的故事在潮水口中复述，途经江南的知识分子

无数次宠幸。夜更其夜，深而渐渐消绝
一捧草木灰的药用意义，我记得湘江曾是个女神
也爱夜夜笙歌，但不是艳曲的艳，而是浮于水面之下的
最浓厚的生命力般旺盛的情事，她许诺过
许多段约会，但从未履约，已成为某些令人心碎的明星海报对象
她的水波同时给过你和我，独有的江南旖旎
在独身时展现，像是禁忌的制度，无数次我想抵近。

胡既明，本名胡绪晟，就读于湖南科技大学。

长江渡口（外一首）

曾雨欣

光影从屋檐对折，偷离夕阳的窗棂
我未回乡见你，水面空境就挤落几隅皱纹
将星点下几处对影拉长。青筋在铁轨上弹射
一切就开始奔跑，比如那座老桥，比如
光影中你横跨时差格栏两端的发。
码头镇未讲完的故事，只有黄家湖的日出
从几圆方孔的疏忽中仔细聆听你的叮咛
如今，这不再偏执的风啊
终是吹动几点浮萍，吹过了你未离的村庄。
从赤乌镇到长江渡口，高原的萤火舞着
相似的比兴，愈渐稀薄。南方芦苇
顺风涟漪的方向恭敬地坐成长江大桥
昏黄的灯火，穿梭于市，喑哑你盈满的
半生。而土地和江水交织着你的答卷
天幕下，一遍遍清洗、弯腰、打捞。
江月也年年如此，看宇宙中渺小之一粟
日日复述岸边的轮回

临别颂

天气开始收拾洒在原野的柴火，呢喃声
就在草根发芽，蟋蟀唤醒新鲜的比喻
紧闭的房子开始住进藤蔓，如活物一般
生长，热闹了整座山的麻雀。早知青蛙产卵
泛过温暖的水洼几处，陌生的面孔经过几轮汛期的棉纹
拂涨又吹落年轮的阴阳，空白到缺席。
村口的榕树，同三两下棋的老人
在一池连雨中教导，一方草木的枯荣。
几丛牵牛花绕过孩童稚嫩的发髻，遮蔽爆竹四散的轰鸣
趁进站播报还未响起，趁庭院还未写实画笔
倾听草木疯狂对话，我们齐声叩首
拜常乐社——
新的石碑、妆容和老去的尘埃。临行前
父亲总要一拜再拜，一经复述
贫乏的字句就在田埂间燃烧
成为养分或江水的脐带

曾雨欣，就读于湖北中医药大学。

风有情（外一首）

李天奇

凛冽的风在拍打我的袖管，不知此时
你的城市，是否会有种温和的风
它有皎洁的瞳孔和恰到好处的情话
不干涩，又很温暖。会让我们忘记长江
和秋末的冰凉，它应有个代名词
叫作“相拥”。像世间痴情的男女，或
天空与海洋的交融那样
纯粹却不普通，略有波澜但却
始终如一。那时天空便也会有了情话
树木便也有了白发，天有情的时候
我们正在一同慢慢变老

桥的时间

前些年，我们忙碌于那些平凡的事物
忙碌于绩点，和一份无聊

但恰到好处的工作。这是我们寄生社会的法则
而现在我们有了新的生命，在享受
音乐和文学的秘境里，渐长的年纪要求
我们必须有爱的距离。我们需要，像
世间一切平凡的男女，定制一场普通但却
足够巧妙的告白仪式，然后戴上戒指
以青山和长江的名义画押
我会说些柔软的情话，你会点头
口中抱怨这些年的季风和雨，它们好似
寂寥的江，在桥所经过的地方计算时差

——
李天奇，就读于武汉设计工程学院。

长江水

北纬

母亲说，每次我离开苏州，表现得
都像一名失意的少女。的确，
那道连接此岸与彼岸的流水，
曾无数次用神奇又幽静的力量
软化我逼近雪线的泪痕。
记忆中，空阔的水流常常截取
小镇半边凝望的脸，我会用手，
缓慢接触它——
那里有我感到舒服的体温。
是的，依赖这种拙劣的方式
我保留下足够的童真，与
善良的回忆。就像珍望良久的雪粒，
果然静静地来，把每一颗
为之悸动的灵魂，每一具
因奔波忙碌而虚脱的身体，
盛情安放。事实上，几乎
每个身处异乡的夜晚，我

总要重复一场相似的梦境，
在那里，有我熟知的江水，
熟知的门窗，以及熟知的母亲。

——
北纬，本名张迎，就读于曲阜师范大学。

在长江边（外二首）

黄明洋

闲时。阳光裸着身子在滩涂上奔跑
火红的面颊，把你的钥匙扣埋了进去
错过的鲜花店。玫瑰、白百合、郁金香
以及满天星，躺在江水怀里的轮廓

流水汤汤，我看见你的手指
在黄昏的缝隙中，打捞出朝天门的皮肤
让我想起了忧伤的船长，蓝色水面上晃动的船只
成为一个缺口，被水鸟衔在嘴上
炫耀大海流动的波浪。你能去，我也能去

码头上挂着的锁链，亲吻时的那一刻
抱紧是一朵浪花，在极端中溺水者变成负数

过河船

锚生了锈，是一种怎样的悖论
江水贫瘠，夏日脱掉一双白手套
偶遇一场雷阵雨，对着疲惫的午后
你用竹竿撑起一生的重量
无法否认，柴油发动机升起
黑黝黝的浓烟，呼啸而过

黄昏下的工厂，走出白色口罩的人口
站在长江边练习回忆。口述石化般的木筏
如何正确使用修辞，扁桃体躺在过河船的内部发炎
始终无法与水和解，一轮遗落在
江水之上的月亮，舀尽生活的无奈

秋水帖

沿着南坪东路行走，依旧是左侧车门打开
走出拥挤的人群。移动身体，用瓶子饮水
依旧是路灯鼓动着的风，像一支支点燃的蜡烛
射向道路、桥梁和流动的水面

可你隔着夏天画饼，依旧是炎热在额头上蔓延
流动性的江水，望着你在早晨捞起的雾气

涂抹式手掌，美人般的目光，在滚动的街道
电话线延续着问候，也只是切开一枚洋葱

眼泪流出。你看呀！夏日的男孩在消失
在停留，在长江边清洗汗水。他们并排而坐
背对夕阳。在圆圈般的初秋里
还没有见过一次枯叶

黄明洋，就读于香港都会大学。

化作一条鱼向长江游去（外二首）

早间

鱼大抵是水化的
离开水，便难受，非这一汪水不可

我从天上飘下，落在旋涡里
长江的号子声跌进水纹，激起河沙的气泡
木浆轻轻划过脊背，月光一样柔
船尾在黄昏里停歇，睡中指引东边的方向
游弋而下，不必担心行囊，不必着急住宿
绿藻和沙床一样多
河滩也总有片芦苇……

我那潦草的、漂泊的半生
在长江，仅一捧水的
期遇，我便
化作一条鱼向长江游去

随长江奔流而下

在长江首城，有一批建筑工人，像鸟
每年春天，随着长江奔流而下
这群鸟携着泥土、枝丫，在江边筑起座座城堡

我是其中两只鸟的幼雏，就着江水嚼着绿叶
大鸟告诉小鸟，长江有多长，长江有多遥
或缓或急，时而舒展身姿，时而高亢嘹亮
它紧紧环抱土地啊
有着它的拥抱，空气新鲜不少
轰隆隆的。它骨子里流淌着的
是唐古拉的坚韧，是东方不屈的灵魂

我是老鸟的小鸟
有一天我也告诉我的小鸟
就随长江奔流而下
那里有着鸟的天堂

大江南北

人们依着长江的缘故，划分着地域、饮食与口音
殊不知“江南”与“江北”从来就是一体

江水流淌过的地方
很自然地诞生了两岸
两岸的人们喜欢作画，抹一点阔叶林，勾一处常青树
蘸着同一处长江里的水，开始画
巴山蜀水的朦胧，江南水乡的柔美
在傍晚的水波里，驻足、询问
山河的美是孤僻的吗？我的祖国呀
在冰川里听见你呼喊，从雪山里走来
我是长江，不止江南与江北

红光里
大江南北
泛着同样的美

早间，本名王力军，就读于陕西师范大学。

江上吟

邵兆硕

上天每次分娩历史，都会下场潇潇的雨
这是长江的由来
在这里马不得列，龙辇不能旋
我们坐在船上濯足，听流水对从前娓娓道来
传说那日舳舻千里，旌甲烛日
但只要一舸占据津口，便万夫莫渡
这原型是孙权割险称霸，曹丕望洋回驭
而更多守边将军的白发，与长江比长
不言而喻的美学，长江的皱纹挂在天上
鱼龙推着流水的齿轮，转动未竟的时光
再后来，老翁江上摆渡
独钓着满篓风雪，轻舟溢出清愁
那万般人间苦楚，都翻藏在长江底下
事实上，既无法让江水倒流，那便继续走
现如今，我凭栏江边
细数一切曾潦草告别之事
都是长江中一滴水，对前途种种憧憬

又如地下埋藏的瓷器与龙骨，一样深不可测
却也终将归于平淡，归于大海苍茫
在这途中，水滴不断重逢与离别
这薄如蝉翼的灵魂，不稳定的命途，多像我们一样
但你可知生命，现又是第几次来世

邵兆硕，就读于滨州职业学院。

称透（外一首）

越子诚

你尝试窥见
澄澈的银河。自往事深处
淌进两岸的摇篮
许久未见的长河动了
涟漪。你眸子的波纹
那颗星星是缝制好的纽扣
你再不必担心纹路不合
毕竟我的领口已空悬良久
待回乡扣上，一抹江水
便沿着指缝，牵着经年的一切涌来
你笑着，横亘梦境的拱桥转瞬坍塌
遥远的星海倾落下来
儿时的我，时常等待被淋湿
称透，你话音未落
我的旧西服却已撑满回忆的褶皱

伙计

你攥住江水
正如你每次攥紧安全绳
昨夜的踟蹰被修葺一新
当你谈及故土
过去的种种都被你妥善排列
像是一节节严丝合缝的轨道
但我却时常走失
然后成为旅客，在你任职的班次
列车运转着，轰鸣声却
蔓延至更远的地方
列车和生活间，总隔着
一扇无法打开的车窗
透过雾气般凝结的氐惆
你有时是钳工
有时又是寻常伙计
你走入人潮的背影
像一滴露水，跌进长逝的江里

越子诚，本名冉晋明，就读于云南艺术学院。

格拉丹东，还记得那个半括号吗？（外一首）

常乐妍

一条单调的线
格拉丹东背上行囊
雪落到天上
笑沉进湖底
树枝在地上游走
“你看，是这个弧度！”
惊跳、相望
两个半括号

一条单调的线
格拉丹东放下行囊
雪落到地上
笑渗进皮囊
网打捞起一个又一个美梦
于高楼林立、于车水马龙、于觥筹交错间
静默失语

也许还是那条单调的线
格拉丹东背起自己
雪飞入黑夜
撕裂，笑，如死如生
挤压、挤压，在网格的缝隙里
呼吸、呼吸，在网格的缝隙里
逃离那艘渔船　我要
格拉丹东背起自己
“你看，还是那个弧度！”
停驻相望
两个半括号

回到

水草编织起清亮的天空
脸上的划痕如此明亮
混着细小的沙屑
细细长长如乡间小路
遗落了从外婆的篓筐里掉落的紫花苕
遗落了树枝划成的房屋
遗落了跳上阳光的我
我把鞋盛满了江水
身后是一条细细长长的水痕
我站在这头

望着不再干涸的那头

和不再遗忘的我

常乐妍，就读于西北大学。

长江至今奔流

尚旻翰

田里浇灌有河川的声形
是稻禾接触镰刀的二分法
是银白鲸吞穗粒后的汩汩
食物追随刺梨凹陷泥土的命途
黝黑的皲裂再度捡拾
湿润秃噜热忱的喉腔
余外想要救济众生的三人
自成贮藏前往下游的粮船
颠簸在万件天染枫香上
浸泡六十余轮只知耕犁的月亮

自乌蒙山一路用脸轻抚溶岩
身着土布的阿公流下满面蓝色的血泪
走出堆放往日的苞谷地
火光在明灭中试图蒸发流水
环旋喷吐铺遍旷野的神游
旱烟燃尽竹竿熏制了胸膛的四海

两三岁的孩子怀着汇入的江潮
伏在岸边踩着忐忑
仍旧传带着祖先的兴奋
观察积蓄奔涌的潺潺

尚旻翰，就读于贵州民族大学。

江流倒影（外一首）

余建学

一个又一个，多年以前
飞鸟冲进地底，开始吃土
一去不复返的下午
吐出的叹息开始燃烧
枝叶向根系生长

人类的尾巴，拖曳着高楼
随雨水迈入滚烫的波浪，飘动的旗
嗷嗷待哺的远古胚胎

鲸鱼化石冰藏在下雪的江底
孕育着海底的太阳和风暴
石缝里的微生物、虾蟹吐的泡泡、游鱼转动的齿轮
来回逡巡，等待镜子的下一次反刍

白天黑夜在江面纠缠打闹
无人知晓，流淌的倒影

一次又一次
奔流向东，腾空回西

江岸江底

琥珀绿把年轮睡出洞
行人头上掉下果子
脚步和影子来回牵手
给明天的记忆上色
衣角裹着一声口哨
随风帆远去，笛声返还

泡泡浮起织成梦
我看到它明亮的眼睛
吐出轻飘的云
仿佛一声
游动的胎音
孕育出一个又一个
朝霞和晚霞，爬山和落山

———

余建学，就读于湖南科技大学。

辑五

文明的胎记

沱沱河之脐（外二首）

周楷棋

在格拉丹东峰顶，太阳
抚摸冰川的梦
独居的灵魂内部
有亿万个它被暖风惊醒
而洼地中只剩一条船，等待
年轮融化

当滴落的纪元撞碎镜面
命运飞溅起来，像懵懂的孩子
打开史书。世界
是一座圆形图书馆。沿阶梯下行
那呼吸的刻度

直到坎坷的群山
向星辰展示何为可能性。它们
首先学会告别
春天沿无数河道流淌

变成森林、兽群、稻米
文明的胎记

三峡之脊

我必须抬头观看才能想象
祖先的背脊在烈日下
长出疲劳的绿。时间的海拔
褫亭到大坝的页码，如同空间
从天际到水底的落差
小小的记忆在河床流浪

地平线向船头关闭，而我是鸟
飞进碧波荡开的瞬间，叼一片薄云
喂食峭壁上的夜
那铁铸的龙骨会梦见斜帆

很久以前，猿猴偷走草鞋的喘息
一块马蹄铁挣脱石滩，被月光的瀑布
冲往银河下游
沿岸住满了星星，随着风蜿蜒
直到竹排、渔舟和码头

我听见汽笛在秒针末端呜咽
早起的人们上街晒太阳

崇明岛之眼

沙洲们互相靠近，它们害怕大海
变成了时间的尽头

我途经茫然，是未拍下的浪
被一对眼睑撤销。树
倒立在腥风中，言而无尽
那长满叶子的根
抓住宇宙

每一位水手传唱的歌谣
钻进野鸭的嗓子里，又逃出来
淤泥在听

这座岛原谅每次阵痛
每当我凝视，听觉
就断流

只能看。于是黄昏轻轻拥抱
未来像搁浅的流星
刚学会游泳

周楷棋，就读于中山大学。

有水为证（外一首）

赵慧杏

譬如一只飞雁，脱离母体，开始号叫
它天生嗜蓝，便向一些隐秘之境飞去

譬如一些人群，在祖辈留下的土地，选择耕种，捕捞。
南方之境，无数斑马避而不入
仿佛泥蹄，是一种践踏，草木皆兵。

我大开着门，等待河流冲刷
商周时期的屋梁，价值连城的玉器
不知是谁替你命名，这乘流而下的所有权
一个昵称即是一种昭示
长江。

多少年前，有梅雨在滴
将耳朵贴近土地，我脚下连绵的两寸
富含水分的土壤，再三推辞的水声
是否为长江的分身。

水器

元古代，不轻易出口的名词
是一堆骨头，就此陈旧，宛如一叠又一叠重重山丘
总有些宽袍大袖的青衣诗人，将你视为一次六千里的朦胧。

“滚滚长江东逝水”，我用种植莲花的姿势
手捧墨砚，思考水泛起一层粼粼的用意。

烟波，春水，晓云，桐叶。
如此美，你的睡颜，是战国时期残留下的薄纱。

就此眠在你的肚里，做你的子女
私吞你的妊娠。

赵慧杏，就读于长沙师范学院。

西南分支（组诗）

王德发

龙川江

金沙江的尾巴，红色的脚印从这儿流过
岁月千年，冲刷不尽的石头
我的神秘与亲和

从今夜流向古老
农妇洗衣时仍唤我作使者
楚雄，这块不起眼的石头
再次长出了青草。含盐的井水
使放牧的声音沙哑，在九个山头回响

龙川江，龙川江
你分散的河床使感情充分燃烧
昨夜的古老与传说，凝结成一只故乡的大雁
在河水的洗礼下，化作一个个宽阔
黝黑的臂膀

原谅我狭窄的感情
渐渐老去的河流迫使我能爱的
越来越少
一生悲悯的牧羊人
是时候收获青草的怀抱

《答复》之一

亚洲的脉络，河床下
一颗黄铜雕刻成的心脏

多年前，神女护送你的眼睛
来到这里
临走时，只留下了光芒与神秘
多年后，我同你的子女
雅砻和岷江相遇，他们
拉住我的手为我取名　川藏滇

文字兴许能记下你的汹涌
却无人
真正见识过你的美丽
——没有一只鸟儿渡过你的河床
没有一片化石能完整刻下
你的姓名

只有伏羲脚下的土地，这片
沉默不语的土地能读懂
你写下的古老哑谜

《答复》之二

以前我们是夜的亲历者
千万次的历史
从我们的头顶流过

那一夜，乌江在项羽的剑下
自刎，随他而去
人们悼念屈原时我送别江水
你轻轻告别历史的长河

后来你有了祖先甚至文明
而我依旧
沉默如夜，生命如歌

我给你我的一切
我的宽恕、沾染和期待
请你允许我
从你的心头一次次流过

我给你我的一切

这生命的长度由你定夺

王德发，就读于楚雄师范学院。

孤高之人

穆彦秋

我年少的埃德蒙德，
停滞的海与山峦崩陷，
游荡的幽灵的呼声，
皆出自他胸膛深处。
搅动风云，波澜击碎巨壁，
他沉默的恰有震慑天地的指向，
没有人敢在他身下倒退，
我年少的埃德蒙德。

埃德蒙德，历史早已流过，
记载的书册，你知晓那丢失的残页，
那伟人错失的方向，
那无法省略的渡引。
无用此延续，现世设下阻隔，
千万的错乱的影纷纷矗立，而历史早已流过。
历史早已流过，如你早已看到，
便写下了纵情的诗句，几番发问，

任所谓书写自白这般指向：
谁令苦恼的装下，谁将无谓的毁弃，
谁俯瞰漫天的风雨，
谁指摘险象与星辰。

穆彦秋，本名倪彦冬，就读于华中师范大学。

寻江南雨（外二首）

孙长运

石板覆满青苔，我踩在立秋的雨上
驻足于小巷深处的池潭
一种破碎感，自上而下地循环
雨滴不断敲击沉闷的地面
含蓄的风，翻动草木与水的扉页
聚齐的流云缓慢滴向林中的蜗牛
我在小镇中淋湿江南的水
对于那场雨的记忆，被渐渐抹去
只记得雨水降落在我身体的周围
或许在湖泊，或许在泥土
多年后，心中飘荡的木舟习惯了水
蜗牛依旧蹒跚着雨后的痕迹
度过无数次听雨的季节，殊不知
青石板上残留的熟悉感早已远去
刺眼的阳光，迷失在雨后的江南

忆太湖

太湖折叠起一方水土，和我的影子
天空忘却了湖泊的颜色

只记得，湖边孕育山水宜人的陶都
盛产的紫砂壶，被匠人无数遍打磨
气孔中萦绕着湖水两岸的茗香
涟漪之上，货轮第一次驶入我的眼睛
它留给我的记忆，最早是水
是江南的小巷和时代的大厦
一同吸吮着太湖的养分。我从远方来
顺着江河的流向，注入其中
四季奔流，而源源不绝的水
一遍遍冲刷游子的脊背
在这片富庶的土地，回忆太湖
我的童年被深埋在陌生的湖底
每次谈及，都是我从未涉足的深度

过南京长江大桥

汽车尾随暑意，一路向南
在南京，水域拓宽了两岸的距离
耳畔的风声不息，除了车轮

一切都被时间滞缓
汽车与货轮铺开两个平面
有人在水面谋生，有人在桥面奔忙
来自远方的人，始终
难以在同一经纬度的坐标相遇
所有人都深谙路途的遥远
也亲眼看见，天堑割断着时空
和数分钟，来自脑海的无限遐想
沉淀的情感被灌注进陌生的水
在未来的某天，再过南京长江大桥
我将无意间提及：
如果长江允许，我愿永远奔走在路上

孙长运，就读于河南科技大学。

长江，我从哪里翻开你的内容（外二首）

择期

我从哪里翻开你的内容
让我苍老的眉眼，看见
平原的结穗擂鼓
——你的乳汁茁壮了你的乳母
坍圮的古城池重新成为回廊和华宫
向前呵向前，多少生命投河沉没成永恒的涛声
历史的丝线扯就你曲折的温柔

你的桥梁飘过眼睛和嘴巴
拥抱你的土地莺歌燕舞
一个婴儿捧出一朵含苞和一个老翁
去吧，去吧，像极了时间的你过去
裹挟着我的凝眸相视和我熟睡的姿容
你将在怎样的刹那　怎样的拐角
溅起一声呐喊一声叮咛或是一声梦呓
一只白鹭如雪，雪一样飘落在江流的尽头

那么你的川岳和湍流是不是一座迷宫
那么砂石在此处营造的族落也会改换成铁铸
等待在哪一刻迎面相逢

长江，你告诉我，我该从哪里翻开你的内容

奔流的故事

当她再一次回转
山河聚散几次
折叠了几次时间与空间

她的丰腴与纤瘦，青山万重
泛过轻舟，长风拂过镜宫时
潇然一声长笛，换了几次苍老的回眸

等待万仞摩天的黑铁古城池
曾经空远的战鼓，大纛在号角中飞起
呼啸的涛声响彻着孤独的马蹄

眉目里一个暗自生长的花期
她的一帘幽梦几个夜晚
她的怀中蔓延的红杏出头

一盏灯使她得道飞升
从藏地哼着穹顶的歌谣
流淌的土地奔跑着夸父

江畔

江畔驻足的姑娘，苍老而窈窕
她已第几次轮回
这次她沿着江又回了一次海流
六千三百步，城郭崩坍又复活
新的花丛中玉宇琼楼
一朵哀啼，一朵低迷
一朵酡红，一朵灵犀明眸
只等一个故事，交口疯长
更改她的面容，酿成一樽深沉的心
将漫长的江流注满了酒，凌乱了
古往今来，南北西东
而后晕开东边的霞与西边的虹
每一个夜晚的吟哦
在另一个白天嘶吼
她的苍老和窈窕，又一次轮回
从遥远的藏川再一次奔腾入海流

择期，本名徐子奇，就读于武警海警学院。

长江简史（外一首）

张浩良

从特提斯海开始，把时间
研磨成墨，唤醒多年前沉睡的那条鱼龙
尾翼摇曳，轨迹闪烁指使古地中海向西
在南涧，旅人提醒涛声留下逆转的痕迹
提笔写下古长江的雏形，随即
源自星球内部的伟力，拨到群山
令一些江湖隆起，抑或褪去
神谕降临赐予喜马拉雅圣洁
东与西贯通，为长江的前世落笔

关于华夏的母亲河，悠远
而绵长的记忆。6300 多千米只是她俯身的高度
在世界屋脊，墨汁倾倒随画师东去，哺育
晕染九州脉络的柔情，培植鱼米
铭刻下羁绊与生民的朴素愿景
赋一方山水以气韵，呼唤草木还有清风
满载祥和与映照古老图腾的剪影
流淌着，缀饰东方富饶与安适的绮丽长卷

长江，在历史的低语里流淌

截取一段岁月的刻痕
远古来风剥离封神榜的神性
年轻的诗人拾起太公遗落的鱼竿
跨越千年时空漫溯而过的长廊
留存的力道令大地再度开裂
流淌出一些过往，扬子鳄或是中华鲟
仓黄之水源于盘古，红豆杉成为云
雨由人间落子天穹，把一些颠倒、逆转

关于高原、山脉、盆地还有丘陵
成为大地上流淌存在着的点缀
把时间酿造成酒，借着醉意抡起鬼斧
完成凹陷与起抬，苍茫与新生的置换

水鸟掠起时的啼鸣震碎镜面
巫山上神女还伫立着，大禹
把棋盘摆到了江边
鲤鱼与蛟龙的相顾里，火吹过
赤壁的风。断壁残垣、折戟沉沙里流淌着的
承平盛世帝王朝圣里流淌着的
从幼童到少年画本故事里流淌着的，长江
把什么在历史中低语？柔软、绵长，而又铿锵

张浩良，就读于浙江中医药大学。

枯水题刻（外二首）

边月

江水从祖母的故居绵延而来，截断
几块黛青色的黑礁石
赤足老汉扛着铁锄走过
匍匐于未知的神迹
久旱必逢甘霖，我们对山神和月亮
怀以敬意
不敢随意折断春日的一枝杜鹃

直到暴雪压垮村庄
融雪浸透潮湿的木门
一条剔透的河流永远环绕着村落
日子深了，尤疑人间是一滩柔水
我们是几块从上游流放的石头
水流总漫过我的身体
涨落。母亲的身影走向芒草深处

无数个天蒙蒙亮的日子，

我们穿过石桥，目睹桥下的水杉
堆积细长的叶子。暗涌的水波中
它们立成经年后刻在墓碑上
几行小字。天又暗了
我身体里的那条河流向山阴道
行走在岸上的人，又浮出水面

屈原祠

浅滩干涸了，龙舟退回岸边
龙角粽消失，我们划龙舟祛病
祭祀龙图腾
水寒草枯。渔夫乘舟将你载回

千年后，再次立于汨罗江畔
你远眺三峡大坝
晴空下黛青的远山，如你紧锁的秀眉
千年前你抱石沉江，雪白的骸骨
长出成片的水草。浩瀚的绿意
沿水浇灌贫瘠的楚地
鱼儿朝你跪拜，环绕群山之间
轻叩神灵的山门

山鬼

我披薜荔涉水而来，手持一枝野花
明月邀我来见你，赴一场千年之约

夜宿坟冢间，云游山林
日落西山。岁月不觉
我困于竹林深处
路道艰险

边月，本名付梓益，就读于湖北恩施学院。

长江之行（外一首）

徐祖方

“长江悠悠，不废江河万古流”
沿着岸堤行走，将接受历史见证者
水韭、长江鲟、白鹳等的注目
从江头持续到江尾
它们也欣然于这惬意的时间里
看一只大鲵悠哉地爬上水面

这路程越逼近尽头，呼吸便显得
越急促，像枚摇摇欲坠的小圆镜
被悬挂至长江的中庭之处
好比天边泛起一轮旋涡状的红晕
从夕阳丛引入长江表层
我在起伏的微笑上也见过此景

联想起一行人散步在江流旁
平淡生活中细微的举动
将带来谈话中的笑声，经风一吹
就如成群江豚，“咻呼”后没入江底

长江边，当我们谈论起生活

从长江边路过，看一些风物开始长成
二十世纪末的诗集
在群山间留下青色烟雨
仿佛瓦缸旁遗忘已久的青苔
映进长卷。而打破众人间的沉默
可用新竹破岩形容
见景生情，你开始谈论起生活
像江鸥掠过水面，把长江扰动
告诉我，未来的志向是躬耕山野
闲时织锦，再养几只鹤
还会逢时遇见楚辞里的梅花
顺势将鸟鸣一同收入山水画中
对我来说，生活如峡谷中汩汩的溪流
抑或是巨石翻落山顶
被平稳的风声搭起。这时候
长江上生长的榉木，是无法触及的
火团，会把言语烧得一度哽咽。

徐祖方，就读于杭州师范大学。

木兰花慢·望江楼（外一首）

邵航

逢蓉城霁雨，对斜日，暂登楼。正江上秋清，飞飞晚燕，拍拍轻鸥。千里锦江镜净，但断霞鱼尾照中流。渐起一江灯火，依稀两岸云浮。

一城好景客淹留。绿酒且盈瓯。算阑干独倚，峨眉在望，短梦将收。问校书人何在，就遗诗彩纸共堪愁。剩有断魂双鹭，为谁招入仙舟？

水调歌头·咏蜀锦兼感杨妃

空忆长安梦，曾试彩云衣。湘裙纹绮，牵风犹是蜀州丝。针引蓉城深雨，线着三春花色，入绣竟毫微。袖底牡丹蕊，徒惹蝶儿飞。

起琴箫，轻举袂，动虹霓。齐纨裁未，舞罢鼙鼓顾还迟。幸有红巾相护，一任蜀山千里，回首泪依依。绣女今仍在，人事已都非。

邵航，就读于遵义师范学院。

长江水（外一首）

贺兰

叹息生途短暂，那就拥抱长江，
就会跻身永恒之列。
风浪淘尽武官的壮年
文官俑刀刻的眼眸里有过远望
有长江在的地方，
就有稻香村里日子的流淌
燕子矶，春来江里筑的巢穴
青春容易颓丧，少年应浪迹江湖

踏足一座城市的时候
必然目及流经的江河湖泊
咫尺间，月上江头
人总会在江海交汇处失眠
没有人能从沱沱河走到出海口，
猿声啼啼越不过万重山川
唯江里的渔火熬过一个又一个通宵

长江下游的支流里
是否还能触摸到
沱沱河夕阳下的一场金光?
长江，万座城市永不断裂的脐带

江城记忆

以前人向江借水
现在人向江借一段历史
江水给人类太多的壮年

沉淀祖先的长江
鱼骨堆积，渔火孤独
追溯祖先的长江
巴山夜雨，江南烟云

月亮是江水中流动的戒疤
提醒现代人用打水漂的方式
抛掷出当下的执念

一圈一圈的涟漪惊了天边的鹰
它是否望着渔火等来了天明?

当我在中华门看到盘旋的鹰

想起长江的夜
点亮了渔火的孤独——

江上的城墙，
是一块一块青砖垒起来的
一段一段沉甸甸的古都记忆

贺兰，本名刘奇，就读于宁夏大学。

一只隐入江雾的鸟（组诗）

陈述

屋外，掺杂着另一种语言
巨石或众多石头，遮挡
模糊的江面，我配合时间
在江雾里，变作一只鸟
喊得音节缭乱，江雾退散
姓氏远去，在众多学说中
有另一只鸟隐入江雾

长江往事

自从失去姓名
就开始退化
在进化史上学会沉默

别过两岸的人群
用江水自述千万年的往事

我只注视你的姿态
和一些未经设计的词语
自西向东，每滴江水都有
自己的流向。我失去平衡
倾斜，或更多的倾斜
直至听见你的低吟
簇拥在岸边的人群纹丝不动
那座新生的大桥，半隐半现

说不出江水的声音
也就不清楚你为何而来
时间的有或无
被隐进江水的波纹里
我们试图用时间
来解释一瞬间发生的
残缺和永恒

江岸吟行

雨雾降低自己的海拔
拥挤的大桥，正经历着
忍耐力的考验，我坐在
长江边上的缆柱上
我听见长江的呼吸声

时钟每转动一秒
一些力量就重新拥有一次
一艘艘轮船，从这里出发
前往远方，和江面融为一条线
风吹江面，也吹着我
我像一块肃穆的石头
在江岸边，立了千万年

陈述，本名陈国睿，就读于郑州大学。

长江城市印象：武汉（外二首）

清秋

源自长江之水的顶端与中下游的双重轨道
结合物。在远离喧嚣的土地
鱼群逆流而上，去探寻
千年之前的文人风骨、金戈铁马
任时过境迁，任尘埃落尽，任星辰璀璨
从江城而过，去见湖水的波澜
去见湖畔的杨柳依依。从城市喧嚣
与街道烟火走来，天空是属于
浪漫黎明晨曦的礼物，人群与灯火阑珊
是枫叶落下的痕迹见证。当夜的深沉
淹没缠绵，当梦的现实
跌入灿烂眼眸，俯首之间，一片云的
世界尚未确定，从未丈量的高度
重新回到天平一端，与盛开樱花一同
进入这斑斓、惆怅不失庄重的城市
多数时候，尘埃并不是避之不及的沾染
就像眼前的霓虹与原野交替的土地

如果有幸成为诸神的信徒，一次来自黄昏
与晨光的祷告必不可少，可似乎
又不需要，人世间的光与热足以融化冰雪

长江，我们不期而遇

穿越时间的封锁线。此时，语言的
陈述不是完美的称赞，一阵风
的吹过揭开遇见的序幕——
无论是二十世纪的满目疮痍，还是
眼前的霓虹与高楼，这条长河的躯体
都是时代的描摹对象。一些
从未呈现的晨光刺破黑夜的尘埃
以不可阻挡的力量，竭力诠释梦的
牵绊。如果选择去遗落一片山川
一定会逝去一寸天空，莫名的疼痛
并不会无缘无故而来，这是源自
长久争斗的结果。那些将步入殿堂
的洁白悄然升起，她们的干净
足以覆盖多年创伤，就像
多年前的先辈，从破败不堪走来。
在诸多黄昏相遇的交界线，江面的
一切都是那样的惹人怜惜，尚未
架构的虚幻连接烟火，漫不经心的

诺言许予诸君，遗风的世界
吞噬尘埃，显露出最初的秉性之美

长江城市群

没有庄重与严肃平行的开场白，这里
的一切是那样的亲切：长江透过的
土地平整，她的身躯足以承载千年的
思念与回眸，我们并不需要长久的
凝望，正如眼前的荆楚遗风的世界
是这样的真实。夕阳西下，云的
降临是来自天空与山川的双重赋予
她们相濡以沫，穿梭在风的缝隙
飘过湖水与城市，在另一端的
十字路口相遇——这是梦中情景的
现实，还是浪漫故事的情节重构？
或许就是这样，逐渐成长的城市群
是一个难以衡量的温柔合成物
她的身体内部一直持续着不断颤动
无论是千年之前的蛮荒，还是
此时的沉默与喧嚣并在，加以催化
随时间逝去的风景不再变幻
她在短暂沉睡以后醒来，褪去苦涩。

清秋，本名崔同富，就读于云南师范大学。

江那边

陈雨辰

每当游轮经过，水花迭起又沉寂
在外的孩子捧起露水，亲近的明亮的
无法不想起。江那边的乡人醒了
我们淘洗香梨，种植水稻，我们爱吹江风
如同将爱赋予孩童一般轻松
游轮带来神秘，带来新鲜气，游轮上的人
高声笑语，起舞肆意，江神不怪罪
在外的孩子从身上挤出江水。梦里奔走相告
江那边，我们的衣架高高擎起　随风张扬
江那边，我们的父辈躬耕于慈悲大地
江那边，我们托举起太阳、星星和月亮
江那边，是我们的记忆和游轮的惆怅
每当游轮经过，水花层层叠叠起
水花在江的那边，进入我们的甜里

陈雨辰，就读于新疆大学。

湘江边上（外一首）

罗乔有

晴空盘算着桥下的人
奔跑，已不再是水的劣势

我们拥抱历史的卷轴
用思考抽打水花，在身体里安放九月

湘江边上，我遇到过用眼神渡江的人
出租车司机停靠在一句句呼喊声旁

水面上荡起了万家灯火
我拉了一把秋风，江面露出久违的浪涛

千里江山已备好
等待水波张开翅膀，在大地上翱翔

橘子洲头

湘江之上，柑橘树从未想过迁徙
鸟是闻讯而来的太阳

一条长船将黄昏荡成黑夜
眺望前方的船长，在晨光和星月中远航

收敛沉默的落叶，用胸口抵达路面
我分开流水和洲岛，让秋天酣睡

有人追溯历史，有人更新经历
有江水覆盖陆地，有码头迎接浪击

天空在上，扬起他的帆
江水在下，护住他的船

罗乔有，就读于湖南大学。

瀚瀚大江之歌——同致人民的勤恳（外二首）

董方泓

夜色在梅枝最红处悄然坠落
雨花恳求长江是天的白色，也
趁机涌开几朵苍老，灯光明亮了寂寥
我们如兽群栖息、鸟群倾巢，
随山茶花出没，如
波涛伏在城市的气息

灌木和丛林，有意无意背身阻挡都市，
且让山川横躺在一条遥远的铁路后
从天明到日暮，每一个齿轮都是
夕阳的熏香。江河流淌——
人民汗水的奔腾

大江收纳了山野的子民，
江城的触须包裹开垦的手——
指是江山，掌是稻田和
梳理河沟山脉的纹路，

流浪的人何其勤恳，让
山茶和灌木在严冬流泪
因此有了长江，在大江之外——
还有每一个城市的河畔，代表着
人们远不是碌碌无为

生长的长江

雨水成块带条冲刷人类，
人将土地改造成几何，大江东处，
正方、椭圆、巢团的土埂，听
飞机的隆隆声，
沿途播散归乡的种子，
撩拨起农民纳福的斗笠，
唤醒亿万水稻的孩子

春游人间

江南烟雨两朦胧，人亦稀奇水亦空。
游人时不见，明花倒东风。
南边台榭，北处柳浓。
三月弄，清雾隆。
一点，四重。
多磨情种。

董方泓，就读于山西医科大学。

长江短歌（组诗）

野冷

几江河畔

中华几千年的历史沉淀在她的眼波中
是舞台也是幕布。来往行人在长江岸
依次排列，纵观风云与千秋。横阅山水
智者如斯。太多关于功与过是与非的辩词
在波涛滚滚间，倒映，奔流。闭眼之间
一切只作泡影

江津古城，悬于几江河畔。恋人们漫步
在柳絮交织的树荫下，一些渔夫奏响
幸福的号子。夕阳下，粼粼波光和他们
高大的身影，扑朔在捣衣女们的眼里
回荡，回荡，忽远忽近地刻画长江儿女们
那烟火缭绕的日子。有关于这些画面
从未泛黄，回旋风中，不断逐流，浪花纷扬

镜花水月

异地他乡，仿佛临近长河边缘。只要是
岁月未曾停歇，所有运转着的生命体
只当是永动机的另一面表现：运动，不止

今天，我们看见昨天倒映江水之中
沧海与沧田都作见证。须发横生
坠落，并且苍白。泛黄如昨

叠起一层浪花，有一层浪花的欢呼
荡平一层死水，有死水的压抑
说千古，太多历史在长江中翻滚

每双瞳孔都是一条江水，眼眸中回旋
停止又转动。一张镜片显得沉沉又陈陈
看与不看，镜花水月，倒影中笑

远颂乌江

乌蒙山连着山外山，内部是长江的血脉
在貌似枯竭的山水之中暗涌，前路漫漫
至于是方向经纬，零落成海天星点
在一方土地高悬，在这个国度照耀
试图逐浪的日月，往往在长江中暗渡

野冷，本名申豪杰，就读于牡丹江大学。

舷歌（组诗）

扈永明

人间有说不尽的离别
即使被岸边的芦苇遮挡

你的落寞已然成空，不见踪影
可是总有一番心境，弥留在七月
山丘的归鸿，尘世中挣脱的流光

蜉蝣旷达，水月寂寥，江水容纳须臾
谁愿去无尽的长空，无尽的绵愁
长江，你是否记得他的赤壁，就在七月
没有名字的客，饮下夜晚的舷歌

清风徐来
你与我隔着长江的年华

鱼

今夜，我静静等待鱼的回应
月光入睡前，在故事的结尾沉醉
巫山属于曾经，属于未来
它使江水萌生秋意，泊向千里之外

来时，你说江水绵绵永不消逝
两岸的山崖横亘云中
我们在灯影里倾诉，融入灯火阑珊
天亮的时刻，从诗篇的原点出发
我们乘风好去

去时，江水围绕山峦
让我想起暮色里的钟声，悠悠回荡
星光下，庄子的蝴蝶跃出江水
他安置一个卧椅，在鱼的尾鳍
深沉的夜晚本自清冷
他却感受到烈火，永不停息的浪漫

吟游

渺远的记忆总是被无意间发掘
让沉睡着的江水再次升腾

一个名字诠释从天而降的仙人
他归于奔涌的江水
江陵千里，或是万里
你只觉一念间的梦幻情思
你选择诗篇，承载尚未破碎的灵魂
举起手中的瓷盏，你与盛唐归一

我潜入你的梦境，皓皓明月和酒而下
妄图变得洒脱，不再是枯涸的琉璃
是山川艰险，江河汹涌，不曾设想的鞺鞳
你以诗为剑，斩断嘈杂的悲情
此刻江水滔滔，你我轻舟对坐
我明晰你的汪洋恣肆，正如舟下的长江
江边弥漫着的云雾。你，青春年少
又是一位流浪的侠客，吟游四方

扈永明，就读于山东师范大学。

附录

“长江 · 大学生之歌”诗集征稿活动获奖名单

一等奖

《讲述》（组诗）/ 3
《沙洲与西瓜》（外二首）/ 61
《长江濒危草木图鉴》（组诗）/ 109
《三峡》（外二首）/ 5
《在水街》（组诗）/ 158
《沱沱河之脐》（外二首）/ 189
《回到长江》（外一首）/ 112
《艄公令》（组诗）/ 155
《有水为证》（外一首）/ 192
《树下》（外二首）/ 7

二等奖

《西南分支》（组诗）/ 194
《长江辞》（组诗）/ 11
《湘江情人》（外一首）/ 161
《数梭鱼草》（外二首）/ 114
《长江以南》（外一首）/ 64
《江畔人家》（外二首）/ 116
《孤高之人》/ 198
《沱江》/ 14
《复调江滩》（外一首）/ 66
《长江渡口》（外一首）/ 163